花园里的大象

An Elephant in the Garden

［英］迈克尔·莫波格（Michael Morpurgo）　著
［英］迈克尔·福尔曼（Michael Foreman）　绘　付添爵　译

CnS 湖南文艺出版社
HUNAN LITERATURE AND ART PUBLISHING HOUSE
小博集
BOOKY KIDS

AN ELEPHANT IN THE GARDEN
Text copyright © Michael Morpurgo 2010
Illustration copyright © Michael Foreman 2010
First published in English in Great Britain by HarperCollins *Children's Books,* a division of
HarperCollins*Publishers* Ltd.
Translation © China South Booky Culture Media Co., Ltd. 2023 translated under licence from
HarperCollins*Publishers* Ltd.
The author/illustrator asserts the moral right to be identified as the author/illustrator of this work.

著作权合同登记号：图字18-2022-044

图书在版编目（CIP）数据

花园里的大象 /（英）迈克尔·莫波格
（Michael Morpurgo）著 ；（英）迈克尔·福尔曼
（Michael Foreman）绘 ；付添爵译. -- 长沙：湖南文
艺出版社，2023.1
书名原文：An Elephant in the Garden
ISBN 978-7-5726-0844-5

Ⅰ. ①花… Ⅱ. ①迈… ②迈… ③付… Ⅲ. ①儿童小
说—长篇小说—英国—现代 Ⅳ. ①I561.84

中国版本图书馆CIP数据核字（2022）第162007号

上架建议：儿童文学

HUAYUAN LI DE DAXIANG

花园里的大象

著　者：〔英〕迈克尔·莫波格（Michael Morpurgo）
绘　者：〔英〕迈克尔·福尔曼（Michael Foreman）
译　者：付添爵
出 版 人：陈新文
责任编辑：吕苗莉
监　制：小博集
策划编辑：马　瑄
特约编辑：王佳怡
营销支持：付　佳　杨　朔　付聪颖　周　然
版权支持：刘子一
装帧设计：霍雨佳
出　版：湖南文艺出版社
　　　　（长沙市雨花区东二环一段508号　邮编：410014）
网　址：www.hnwy.net
印　刷：河北鹏润印刷有限公司
经　销：新华书店
开　本：875 mm×1230 mm　1 / 32
字　数：94千字
印　张：7.5
版　次：2023年1月第1版
印　次：2023年1月第1次印刷
书　号：ISBN 978-7-5726-0844-5
定　价：30.00元

若有质量问题，请致电质量监督电话：010-59096394
团购电话：010-59320018

序

这已经不是我第一次为英国桂冠作家迈克尔·莫波格的作品写导读了。我认为，一位作家心中若没有爱，是不可能写出这样的作品的；我还认为，一位作家心中若没有博大的爱，是不可能写出这些作品的。这就是我对迈克尔·莫波格的评价。

我的评价不仅源于对迈克尔·莫波格作品的了解，更是因为这些作品所涉及的历史背景。这六部作品中《猫王子卡斯帕》以 1912 年在首航中沉没的泰坦尼克号为背景，《蝴蝶狮》以 1914 年至 1918 年的第一次世界大战为背景，《斗士帕科》的背景是 1936 年至 1939 年的西班牙内战，《花园里的大象》的背景是 20 世纪中期的第二次世界大战，《亲爱的奥莉》的背景是 1994 年爆发的卢旺达内战，《影子》的背景是 21 世纪初的阿富汗战争，六部作品的历史背景时间跨度长达一个世纪。

从中，我们可以清晰地看到，除《猫王子卡斯帕》外，另外五部作品均与战争有关，即便是与战争无关的《猫王子卡斯帕》也是以广为人知的海难——泰坦尼克号沉没为历史背景的。因此可以说这六部作品所讲述的故事代表了亚非欧三大洲的人们所经历的苦难。

迈克尔·莫波格非常擅长从真实的历史事件中取材，将人和动物这些个体生命的故事融入真实的历史事件中，从而大大增强了作品的历史厚度。《斗士帕科》和《花园里的大象》分别取材于西班牙内战中的绍塞迪利亚大轰炸和第二次世界大战中的德累斯顿大轰炸。在《蝴蝶狮》的前言中，我们也可以读到狮子的原型取材于第一次世界大战法国战场发生的真实故事。毫不夸张地讲，在我的阅读生涯中，到目前为止，《蝴蝶狮》是唯一一部只看前言就能让我泪流满面的作品，在前言有限的文字中，作家客观地讲述作品的创作过程，字数虽少信息量却极大，让同为作家的我深受震撼。

在这些作品中，迈克尔·莫波格以他最擅长的笔调，不预设意识形态立场，站在人道主义的高度来书写苦难中的人性，去讲述战争对个体生命摧残的故事。这些个体生命不仅包括人还包括动物，我曾在一篇文章中写过，动物是迈克尔·莫波格作品中必不可少的一分子，他擅长通过描写动物的遭遇来触动人内心中最柔软的部分。《蝴蝶狮》里的狮子白雪王子，《亲爱的奥莉》里的燕子英雄，《斗士帕科》里的小公牛帕科，《猫王子卡斯帕》里的黑猫卡斯帕，《花园里的大象》里的大象玛琳，《影子》里的嗅探犬影子，这些可爱的动物本应无忧无虑地生活，却都因战争或灾难的到来，与它们的人类朋友一样，遭受着苦难。我相信所有的读者在阅读时都会一边读一边默默地为它们祈祷。

　　细心的读者在阅读中，一定能体会到这六部作品是从迈克尔·莫波格所创作的约一百五十部中长篇作品中精心挑选的，它们分别代表了作家不同阶段的创作风格。《蝴蝶狮》出版于1996年，《亲爱的奥莉》出版于2000年，《斗士帕科》出版于2001年，这三部作品可以看成一个阶段；《猫王子卡斯帕》出版于2008年，《花园里的大象》出版于2010年，《影子》出版于2010年，这三部作品属于另外一个阶段。但无论哪个阶段，迈克尔·莫波格总是能够从适合儿童心理的角度来讲述故事，以人物遭遇或是名字巧合为切入点引出故事，《蝴蝶狮》中的我从寄宿学校逃跑出来后巧遇老妇人，引出当年也是从寄宿学校逃跑出来的伯蒂和他收养的小狮子的故事；《斗士帕科》里的爷爷和孙子在关于各自"说谎"的交流中带出黑色小公牛帕科的故事；《花园里的大象》中的卡尔与故事主人公莉齐的弟弟卡尔利名字相似，引起莉齐的注意及好感，由此带出了大象玛琳的故事；《影子》也是由同为棕白相间的史宾格犬多格带出驻阿富汗英军嗅探犬影子（波利）的故事。我们可以看到迈克尔·莫波格讲述故事的方式，与家长给年幼的孩子讲故事的方式完全一致，使小读者从阅读之初就产生亲近感和真实感。

六部作品除《亲爱的奥莉》外，迈克尔·莫波格均采用他惯用的内视角，即第一人称叙事，这种叙事者本身的个体性感知，能更真切地表现苦难亲历者所遭遇的内心痛苦，更容易同化读者，形成文本强大的张力，这也正是作家一贯的叙事风格。六部作品中《影子》的叙事结构相对复杂，采用了多角度叙事，分别从马特、外公、阿曼的视角讲述故事。多角度叙事要求作家具有高超的写作技巧和强大的把握故事的能力，这种叙事方式在他后期的作品里经常出现，从中我们可以看出迈克尔·莫波格没有停留在自己的创作舒适区，而是在不断地挑战自己、突破自己。

从这些作品中，我们可以看到迈克尔·莫波格对战争一贯的批判和反思态度。《花园里的大象》里的主人公德国人莉齐的父亲、母亲以及伯爵夫人，《亲爱的奥莉》里放弃学业远赴非洲卢旺达从事志愿工作的马特，他们的身上都散发着和平主义者的光芒。其他几部作品中虽然没有出现反战者，却通过战争带给主人公和动物们的苦难来批判战争。尤其是在《影子》中，我们可以发现作家具有强烈的现实动机，作家正是通过作品来表达自己对战争的批判、对现实世界的思考，因为就在今天，在世界上的一些国家和地区仍然还在上演着这样的悲剧。

然而，这并非迈克尔·莫波格这些作品真正的现实意义。当我们读到《影子》中阿富汗哈扎拉族少年阿曼对和平生活的向往、对影子的关爱以及马特一家、英军中士布罗迪对阿曼的帮助时，当我们读到《亲爱的奥莉》中被地雷炸断右腿的马特看到燕子英雄受伤的右脚后萌发出再回卢旺达从事志愿工作的想法时，我们就会发现，作家书写主人公在面对战争和苦难时所表现出的勇敢、坚强、博爱、尊重和宽容才是真正的现实意义所在。

　　最后，希望我们的读者能够从迈克尔·莫波格这套作品中汲取丰富的精神营养，从而成长为一个勇敢、坚强、博爱和宽容的人。

全国优秀儿童文学奖、2015"中国好书"获得者，
《将军胡同》作者　史雷
2022 年 7 月 22 日于北京西山

献给贝拉、弗雷迪和麦克斯

目 录

第一章

真相

Part One
Ring of Truth

1.

记忆浮现

说实在的，要不是因为"卡尔"这个名字的发音与"卡尔利"的发音有些相近，我想莉齐会将她的大象故事尘封于世。

为什么这么说呢？我将娓娓道来。

我家附近有一所养老院，我在那里做兼职护士。之所以没有全职，是因为我想有时间照顾我九岁的儿子卡尔。一直以来，这个家只有我和卡尔，所以我要每天送他上学，等他放学在家的时候陪在他身边。但有时，养老院会要求我周末加班。我不能总是拒绝，一方面是因为所有员工都有义务在周末轮流加班，另一方面加班给的钱的确起了大作用。所以在我加班的周末，如果卡尔没有别的地方可去，或找不到其他人来照顾他时，养老院的人就答应让我带着他一起工作。

起初，我还有点担心，担心是否有人会介意我带着孩子工作，担心卡尔如何与所有的老人相处，等等。但事实证明，他很喜欢这种氛围，老人们也喜欢他的存在。一开始，他会在整个公园里玩耍。慢慢熟悉后，他有时就会带几个朋友来。他们一起爬树，踢足球，骑着山地车到处跑。对老人们来说，孩子们的到来成了他们的周末特色，也成为他们的一个期待。他们会聚集在客厅的窗户旁看孩子们玩耍，而且常常一看就是几小时。每当下雨的时候，卡尔和他的朋友们就进屋和老人们下棋，或者看看电影。

就在几周前，一个周五的晚上，下起了鹅毛大雪。恰巧第二天是我周末值班，而且是早班，所以卡尔也得

跟我一起去养老院。他不但不介意，还非常高兴。他带
了六个小伙伴一起，计划在公园里玩雪橇。但他们没有
雪橇工具。于是，他们就带了些容易滑动的东西，如塑
料袋、冲浪板，甚至还有一个橡胶圈。事实证明，这些
东西也给他们带来了雪橇滑雪般的快乐体验感。那天早
上，老人们看着这些孩子在雪地里自由玩耍，整个养老
院都充满了笑声。不久，雪橇滑雪变成了打雪仗，老人

们似乎与卡尔和他的朋友们一样喜欢打雪仗。整个早上我都在忙工作，偶尔向窗外一瞥，当我最后一次看外面景象的时候，卡尔和他的朋友们正忙着在客厅的窗外堆一个巨型雪人，每个人看起来都非常开心。

然而，几分钟后，当我走进莉齐的房间，发现卡尔戴着帽子，穿着外套，坐在她床边，和莉齐像老朋友一样聊着天时，我感到非常惊讶。

"咦，你来了呀？"莉齐和我打招呼，让我进去。

"你没有告诉过我你有一个儿子呀。而且他叫卡尔！真不敢相信，因为他看起来和他太像了。出奇地相像，真是太不可思议了。我也跟卡尔讲了花园里大象的故事，他可是相信我说的。"她朝我摇了摇手指，"我知道，你不相信我说的故事。除了卡尔，这里没人相信我说的。"

我把卡尔赶出了房间，沿着走廊往外推搡，大声责骂他不请自来，擅自闯进莉齐的房间。事后想起来，我觉得自己不应该这么大惊小怪，因为卡尔习惯了随处乱跑。不过，让我感到吃惊的是，他对我的做法非常愤怒。

"她正要告诉我她那头大象的故事。"他一边大声抗议，一边扒拉我的手，试图挣脱我。

"根本没有什么大象，卡尔，"我告诉他，"那是莉齐自己想象的。老人们经常会有一些幻想，而且有时头脑会有点混乱，就是这样，明白吧！好啦，别闹了，我们走吧。"

那天下午回到家，我才有机会和卡尔坐下来，跟他解释莉齐与大象的故事。我告诉卡尔，我从莉齐的档案中知道她八十二岁了。她在养老院已经住了近一个月，所以我们也略微知道些她的脾性。她可能有点易怒，因为她有时甚至会对其他护士发脾气。但对我，我觉得她还是比较体贴、礼貌的，而且多数情况下很配合我的工作。不过，她有时在我面前也会表现出非

An Elephant in the Garden

常固执的一面，尤其是当我让她好好吃饭时，她就不听。而且她不好好喝水，不管我怎么劝说，她都充耳不闻。

卡尔不停地向我打听莉齐的情况，如"她在养老院住了多久了？""她身体怎么样？""她为什么一个人待在自己的房间，躺在床上？为什么不去和其他老人说说话、聊聊天呢？"他想知道一切，于是我就把自己所知道的都告诉了他……

我和莉齐彼此之间特别有好感，她性格直爽，有时甚至比较率直，我很喜欢她这样的性格。她在进养老院的第一天就对我说："我不妨对你说实话啊，我不喜欢待在这里，一点也不喜欢。但既然我，既然我们以后会经常见面，那么你可以叫我莉齐。"

这就是我对她的第一印象。对其他护士来说，她叫伊丽莎白，但对我来说，她叫莉齐。她睡觉的时间比较多，有时听听收音机、看看书。她看书时候多，而且看的时候不喜欢被人打扰，即使是我提醒她按时吃药也不行。莉齐特别喜欢看侦探小说。有一次，她很自豪地告诉我，她读过阿加莎·克里斯蒂[1]写的每一本书。

我告诉卡尔，在莉齐入院时，她的诊断医生认为她可能有几个星期，甚至几个月都没有好好吃饭了。当我第一次见到她的时候，她的样子也确实如此，身体干瘦、脆弱，皮肤苍白得像纸一样薄，奶白色的头发贴在枕头上。然而，即使在那个时候，我也能看出她身上有一种非同寻常的、意志坚定的东西——她目

---

1. 阿加莎·克里斯蒂，英国侦探小说作家。玛丽·韦斯特马科特（Mary Westmacott）是她写浪漫爱情小说所用的笔名。她一生创作了许多备受读者喜爱的侦探小说，并改编、创作了许多侦探剧本，如著名小说《东方快车谋杀案》（*Murder on the Orient Express*）、《尼罗河上的惨案》（*Death on the Nile*）等，是公认的"侦探小说女王"，对英国侦探小说的发展有很重要的影响和富有争议的启发。——译者注（除特别说明外，本书脚注均为译者注。）

光炯炯有神，突然露出的微笑显得满面生辉。我对她的生活一无所知，因为也没有亲戚来看望她。她似乎在这个世界上孤身一人。

"这么说吧，她有点像奶奶，"我告诉卡尔，并尽量向他解释莉齐的心理状态，"你知道，和许多老人一样，她脑子变得有点糊涂，有点健忘——就像她说起她的大象时那样。她一直在念叨这件事，不只是对我讲，逢人就讲'大象'。她会说：'知道吧，花园里有一头大象。'卡尔，我敢保证，这都是胡言乱语。"

"你不明白，"卡尔说，他还在生我的气，"不管怎样，我不在乎你说什么。我觉得她跟我说的大象的故事是真的。她没有撒谎，她没有编造，我知道她没有。我辨别得出来。"

"你怎么就能判断她说的就是真的？"我问他。

"因为我有时会说谎，所以当别人说谎时，我总能看出来。但她没有说谎，而且她不像奶奶那么'老糊涂'。如果她说她的花园里有一头大象，那就真的有。"

我不想和他争论，不想两人再起争端，所以我缄口不语。但那天晚上我躺在床上睡不着，想着卡尔是否可能是对的。我越想越觉得莉齐说的大象的故事可能另有隐情。

第二天上班的时候，我看到卡尔和他的朋友们在雪地里玩耍嬉闹。我很想进去问问莉齐她那头大象的故事，但似乎没有合适的机会。而且我觉得最好不要去探听，不要去打扰她，因为她是一个很注重隐私的人，在自己的沉默中独享其乐。我们已经习惯了对方的脾性，这样彼此都觉得很舒服、放松。我不想破坏这种相处的氛围。当走进她的房间时，我决定除非她再提起那头大象，否则我决不会问她关于大象的故事。但她只字未提。不过她问起了卡尔，说是想知道关于他的一切，而且特别想知道他什么时候会再来看她。她说有一样非常特别的东西要给他看。她似乎很兴奋，但让我不要告诉他。她想给卡尔一个惊喜。

这时我注意到水杯里的水基本没动，于是轻声责备她，她现在也很习惯我这样说她了。我绕过床尾去关她身后的窗户，发出"啧啧"的责备声。"莉齐，你跟调皮的小孩子一样，不好好喝水。"我对她说。但我看得出来她根本没在听我说话。

"亲爱的，你介意开着窗户吗？"她说，"我喜欢寒冷，喜欢新鲜空气拂在脸上的感觉，沁人心脾。这儿的供暖有些过了，我觉得挺浪费的。"我照她说的让窗户开着，她向我道谢——她的举止总是一丝不苟。现在她正凝视着窗外的孩子们。"我觉得你的小卡尔，他喜欢雪。看着他，就像看到了我弟弟。那天也下着雪……"她停顿了一下，接着说，"亲爱的，我早上好像听到收音机里说今天是 2 月 13 日。我没听错吧？"

我看了下手机上的日期，确认了她说的时间。

"你觉得你的小卡尔今天会来看我吗?"她又问,似乎对此很急切,"我希望他能来。我想让他看看……我想他会感兴趣的。"

"我相信他会来看你的。"我告诉她,但其实一点也不确定。我很清楚卡尔想知道更多关于她那头大象的故事,不过在我看来,他此刻在外面的雪地里玩得

太开心了，应该忘了这茬儿。莉齐没再说什么，我帮她洗漱完，给她摆好枕头，让她舒适一些。她喜欢我从容地给她梳头。就在这时，有人敲门了。让我大为宽慰，也让莉齐感到欣喜的是，卡尔来了。他气喘吁吁地走进来，立刻坐在莉齐身边，脸红扑扑的，外套和头发上还覆盖着雪花。她伸出手，帮他把雪掸去，然后用指尖碰了碰他的脸颊。"冷，"她说，"2月13日，天气很冷，2月13日……"她的思绪似乎在记忆里游离。

"你的大象，花园里的大象。你要告诉我你那头大象的故事，记得吗？"卡尔说。

就在那时，我注意到莉齐已泪流满面，她看起来心烦意乱。我想也许卡尔应该先出去。"他可以晚些时候再来看你。"我对莉齐说。

"不要。"她非常坚持要我们留下来，希望我们不要走，她有一些事情要告诉我们。

于是我又拉过一把椅子，坐在他们旁边。"说说吧，莉齐，2月13日有什么事对你特别重要吗?"我问道。

她把视线从我身上移开，无法控制及掩饰声音中的颤抖。"就是这一天永远地改变了我的人生。"她说。我伸出手握住她的手，她的握力很弱，但足以让我感受到，她特别希望我们留下来。此刻，她正看向窗外，指向某处。

"看，你们看见了吗? 听到了吗? 风正吹过树林。树枝，树枝们在摇晃。你们觉得它们害怕风吗? 小卡尔利那天说过，树都怕风，它们想逃离，却逃不掉。我们可以避开风，但树们却无能为力。他对此感到很难过。"莉齐朝卡尔笑了笑，"卡尔利就是我的小弟弟，你让我想起了他。我是说你能在这儿，让我很高兴。恰逢这个日子，我就向你说说我的故事，我和卡尔利姐弟之间的故事。但这也勾起我的伤心记忆。2

月 13 日，这个让人悲伤的日子。风吹过树林的时候，
记忆也随之再现。"

　　我以前就注意到她说英语的方式很奇怪，发音
很细致、很地道，句子也很规范。从名字来看，她可
能是英国人，但我一直以为她或许是荷兰人、斯堪的
纳维亚人，或德国人。"那是一阵热风，一阵灼热的
风，"她继续说，"我不相信有地狱，也不相信有天
堂。但如果你能展开想象，那风就像地狱之火。我想
我们所有人都会被活活烧死，无人幸免。"

　　"可你说那是在 2 月。"卡尔打断了她。我冲他
皱了皱眉，但莉齐似乎一点也不介意。"那是在冬天，
对吗？"卡尔接着说，"我的意思是，当时你们住在哪
里？非洲？还是什么地方？"

　　"不，不是在非洲。我之前不是告诉过你吗？我
记得我好像说过。"她突然显得有点不确定了，"你
看，花园里有一头大象。是的，真的有一头大象。她

喜欢吃土豆，吃很多很多的土豆。"我想一定是我嘴角的一丝苦笑出卖了自己。"你还是不相信我所说的，是吗？这不能怪你。我想你和其他的护士都觉得我只是个疯疯癫癫的老家伙，就像你们说的那样，有点呆头呆脑的。不错，我身体各部位的零件已经不那么好用了——我想这也是我在这里的原因，不是吗？我的腿有时不听使唤，心脏也不像原来那样正常跳动，它那跳跃和飘动的节奏让我时而眩晕，这些都让我行动不便。但我可以非常肯定、非常确信地告诉你，我的头脑像铃铛一样清脆，像剃刀一样锋利。所以当我说花园里有一头大象的时候，真的就有。我的记忆没有问题，一点问题都没有。"

"我一点也不觉得你是在说疯话，"卡尔说，"或犯糊涂。"

"你能这样说真是太好了，卡尔。你和我会成为好朋友的。但是我不得不承认，当我回想起近期的事的时候，我的记忆力确实不太行，不太记得昨天的事，甚至不记得今天早上吃了些什么。但我向你保证，小时候的事情仍然历历在目。我记得那些大事，那些重要的事。它们仿佛已经刻在了我的脑海里，终生难忘。所以我清楚地记得，在我十六岁生日的那天晚上，当我从窗户往外看时，我看到了她。一开始她看起来就像一个巨大的黑影，但后来那个黑影开始移动，我又看了一眼。毫无疑问，她是一头大象，绝对是一头大象。当然，我当时并不知道，在我们花园里的这头大象将永远地改变我的人生，改变我们全家人的命运。当你听完这个故事你也许会说，是她拯救了我们所有人的生命。"

2.

美好瞬逝

莉齐停了一会儿，朝我会意地笑了笑。"哦，对了，你太忙了，亲爱的，我知道，"她善解人意地说，"你还有工作要忙，还有其他病人要照顾。我很理解，因为我也当过护士，护士们总是很忙的。我可以告诉卡尔，给他讲大象的故事。"

此时此刻，我再也不会错过她的故事了。如果卡尔愿意倾听，那我也愿意。事实上，我已经从她的语气中感觉到她没有刻意编造什么，卡尔的判断是正确的。"你可以继续你的故事，"我对她说，"我 12 点下班，也就是现在。所以此刻是属于我自己的时间啦。"

"我们想知道关于那头大象的一切，对吗，妈妈?"卡尔对我说。

"好吧，卡尔利。我想从现在开始，我就叫你卡尔利，就像我弟弟一样。这样你就好像置身于故事之中。"她把头枕回到枕头上，"我年岁已不小，也经历了很多世事，所以这段故事可能需要一点时间，还望你们耐心点。我想就从名字和地点讲起吧。那时我叫伊丽莎白，有些人叫我莉丝贝特——再到后来我就被叫成了莉齐。我们管妈妈叫 Mutti[1]。我有一个小弟弟，我告诉过你们，他比我小八岁，叫小卡尔利。他总是有很多问题，没完没了的问题，当我们回答完一个，他总会从我们的回答中追问另一个。'是的，但是为什么呢?'他就这样继续问，'怎么会? 为什么?'最

---

1. 德语 Mutti 是对"妈妈"的爱称。

后，我们常常会对他不耐烦，直接告诉他'因为不喜欢'。他似乎对此回答很满意，我也不知道为什么。

"卡尔利天生一条腿比较短，所以我们不得不经常抱着他，但他总是很开心。事实上，他也是家里的开心果，总能让我们开怀大笑。他喜欢玩杂耍，还能闭着眼睛玩呢！大象也喜欢看他表演，好像还很着迷。这头大象叫玛琳，是妈妈给她起的名字，因为她在动物园里工作，整天和大象待在一起。妈妈以一个她喜欢的歌手玛琳·黛德丽[1]来为这头大象命名，那个时候很多人很喜欢这个明星。我想知道你们是否听说过她——哦，可能没有，因为她已经去世很久了。她身材苗条，举止优雅，金发碧眼，一点也不像大

---

1. 玛琳·黛德丽，德国演员兼歌手，于20世纪20年代在柏林开始演艺生涯，出演戏剧及无声电影。"二战"期间她投身于人道主义事业，为德国及法国避难和流亡者提供住所和经济支持，并为其争取美国公民权。

象，但这对妈妈来说似乎无关紧要。她管那头大象叫玛琳，仅此而已。

"我们家里有一台带大喇叭的发条留声机——你们只有在古玩店里才能见到这样的留声机——所以玛琳·黛德丽的歌声总能在家里响起。我们就是听着她的歌声长大的。她的声音像暗红色天鹅绒那样绵柔。当她唱歌的时候，就好像她只是为我而唱。我试着像她一样唱歌，大部分是在洗澡的时候，因为我在洗澡的时候唱得更好。我记得当我们听她的歌时，妈妈有时会跟着哼唱，有点像二重唱。"

"那大象呢？"卡尔又打断了她的话，并不想掩饰他的不耐烦，"我的意思是，这头大象一开始

怎么会出现在你们的花园里？你们当时住在哪儿？这些我都还不清楚。"

"是的，你说得对，亲爱的，"她说，"我光顾着自说自话，有点跑偏了。"她努力地想了很久，理了下思绪，然后又开始讲述。

"我想也许我重新开始会更好。故事应该从头开始，不是吗？我想我的开场白会是一个美好的开头……"

1929年2月9日，我出生在德国的德累斯顿[1]。我们全家住在一栋大房子里，房后是一个有围墙的花园，那里有一个沙坑和一架秋千。我们还有一个棚屋，我向你保证，那里住着世界上最大的蜘蛛。哈哈。从卧室

---

1. 德累斯顿是德国东部重要的文化、政治和经济中心。"二战"以前，这里是德国照相机、钟表制造和高级食品的生产中心，是德国最发达的工商业城市之一。"二战"时，该市遭到盟军的大规模空袭，城市面貌面目全非。

的窗户向外望去，有许多高耸挺拔的山毛榉树，夏天，鸽子就在那里咕咕鸣唱。花园的尽头有一扇生锈的铁门，门上巨大的合页嘎吱作响。这扇门通向一个大公园。所以，可以说我们有两个花园，小的是属于我们自己的，大的是我们和德累斯顿其他居民共享的。

那时的德累斯顿是一座美妙的城市，你无法想象那种美丽。我现在只要闭上眼睛，就又能看见它了，还是原来的样子。Papi[1]——我们管爸爸叫 Papi——在市里的艺术画廊工作，修复绘画。他还写了一些关于绘画的书，特别是关于伦勃朗[2]的，因为在所有的艺术家里，他最喜欢伦勃朗。和妈妈一样，他也喜欢听

---

1. 德语 Papi 是对"爸爸"的爱称。
2. 伦勃朗·哈尔门松·范·赖恩（1606—1669）是欧洲巴洛克绘画艺术的代表画家之一，也是 17 世纪荷兰黄金时代绘画的主要人物，被称为荷兰历史上最伟大的画家之一。伦勃朗的著名画作有《夜巡》《月亮与狩猎女神》《犹太新娘》《杜普教授的解剖学课》等。

留声机，但他更喜欢巴赫[1]而不是玛琳·黛德丽。他最喜欢划船，也最喜欢钓鱼，甚至超过了喜欢伦勃朗和巴赫。周末我们经常在公园的湖上划船，夏天我们会带着留声机在岸边野餐，美其名曰"音乐野餐"！爸爸很喜欢这种感觉，所以我们经常这样休闲娱乐。

　　每逢节假日，我们都会乘公共汽车去乡下，住在曼弗雷德叔叔和洛蒂姨妈的农场里——顺便介绍下，洛蒂姨妈是妈妈的妹妹。在那里，我们会给动物们投放食物，全家人经常一起野餐。爸爸为我们姐弟俩在湖中间的一座岛上建造了一个树屋——现在想起来这个湖更像是一个大池塘——我记得四周长满了芦苇，那里总有鸭子戏水，还有雌红松鸡、青蛙、蝌蚪和小

---

1. 约翰·塞巴斯蒂安·巴赫（1685—1750），巴洛克时期的作曲家及管风琴、小提琴、大键琴演奏家，也是巴洛克音乐的集大成者。巴赫被认为是音乐史上最伟大、最杰出、最重要的作曲家之一。

跳鱼等好多小动物。我们还有一条小划艇可以划到小岛，在一条注入小湖的小溪里还有很多鳟鱼可以钓，所以爸爸很开心。

有时收获结束后，我们会一直待在残茬儿地里，直到深夜，捡收最后一粒金黄色的玉米。夏天的晚上，只要有机会，我和卡尔利就会睡在岛上的树屋里。我们常常醒着躺在床上，听着远处农舍里留声机的声音，以及近处猫头鹰们相互呼唤问候的声音，看着头顶的月亮穿行层层云朵。

当然，我们也喜欢动物。小卡尔利特别喜欢猪，还有曼弗雷德叔叔的马——托米。卡尔利会和曼弗雷德叔叔骑着托米在农场周围兜风，我则自己去骑自行车，经常一骑就是几小时。我喜欢随心所欲地从山上冲下来，让风吹拂着脸庞。这是属于我们的梦幻时刻，充满了阳光和笑声。但梦幻不会长久，不是吗？梦幻有时会变成噩梦。

　　我出生于二战前。外人一听，好像我的成长与战争随行。其实并非如此，至少对我来说不是。当然，那个时候人们都在谈论战事，街上有许多穿制服的人和旗帜，成群结队的人来回游行。卡尔利喜欢这一切，喜欢跟着游行的人群，即使其他男孩经常嘲笑他。他又小又弱，还饱受哮喘的折磨。因为走路一瘸一拐的，嘲笑他的人就叫他"假腿子"，为此我很讨厌那些人。每当卡尔利受到嘲笑，我就会勇敢十足，冲着他们大喊大叫。令人深恶痛绝的不仅是他们脸上的讥笑和言语的不敬，还有他们的不公正。生来就如此并不是卡尔利的错。但卡尔利不想让我为他说话，因此他常常因为我大惊小怪而迁怒于我。我觉得他不像我那样介意他们的所作所为。

　　我想我一直拥有一种强烈的正义感，一种公平竞争感，一种是非对错感。也许这是一个孩子的天性使然，也许是受妈妈言传身教，谁知道呢？不管怎么说，每当我看到不公正的事情时，我总是指出来，并感同身受，充满共情。你们要知道，在那个年代，有很多这样不公正的事。我看见犹太人在街上，衣服上缝着黄色的星星。我看到他们的商店橱窗上都用油漆涂满了大卫之星[1]。有几次我还看到他们被纳粹冲锋队[2]毒打后躺在阴沟里。

在家里，爸爸不喜欢我们谈论这些，谈论任何关于政治方面的事——他对这一点要求很严格。我们都知道纳粹正在干一些可怕的事情，但爸爸总是告诉我，在这个陷入困境的世界里，我们的家应该成为一个和平与和谐的绿洲。妈妈会对时事感到愤怒和悲伤，俩人有时还会讨论些什么。小卡尔利年龄还小，

---

1. 又称六芒星、大卫星等，是现今以色列国旗的中心图案。
2. 冲锋队是希特勒于1923年创立的武装组织，"二战"时负责维护德国本土与部分占领区之治安，1945年随纳粹德国战败瓦解。

无论如何也理解不了这样的事情。而且，爸爸会说，你永远不知道谁正在监听。但有一年夏天，我们在农场度假——那是 1938 年夏天——妈妈和爸爸，曼弗雷德叔叔和洛蒂姨妈，展开了一场漫长而激烈的争论。当时已经夜深了，卡尔利和我在楼上准备睡觉。我们能听到他们说的每一个字。曼弗雷德叔叔正敲着桌子，我能从他的声音里听出愤怒的哽咽。"德国需要强有力的领导，"他说，"没有我们的元首，没有阿道夫·希特勒[1]，这个国家会走向灭亡。像希特勒一样，我也在战壕里打过仗。我们是战友。我唯一的哥哥在战争中牺牲了，我的大多数朋友也死了。难道所有的牺牲都白费了吗？我记得战败的屈辱，以及战后人们如何在街头挨饿。我就在那里，我亲眼所见。毫无疑问，是柏林政府和犹太人背叛了祖国和军队。现在希特勒正在恢复我们的尊严，纠正以往的错误。"

我这辈子从没想过曼弗雷德叔叔会这么生气。妈妈也很愤慨，叫他"ein dumkopf"——翻译一下，这个词的意思是傻瓜，或蠢人。她说希特勒就是个疯子，纳粹政权是德国历史上最糟糕的事物，我们有很

---

1. 希特勒（1889—1945），法西斯德国元首（1934—1945）。1933年至1945年担任德国总理，1937年与意、日结成政治同盟，1939年侵入波兰，挑起第二次世界大战。

多亲密的朋友是犹太人，如果希特勒继续这样下去，他会把我们所有人卷入另一场战争。

曼弗雷德叔叔开始怒吼，激动得发狂，他回答说，他希望爆发一场战争，这样我们就可以向世界表明，德国必须受到尊重。然后，令我十分惊讶的是，一向温文尔雅的洛蒂姨妈也加入了进来，称妈妈"只是个懦夫和讨厌的热爱犹太人的和平主义者"。妈妈也毫不含糊地告诉她，她至死都为自己是一名和平主义者而自豪，她将永远是一名和平主义者。自始至终，爸爸一直在尽力地平息争吵。他说，我们有权捍卫自己的观点，但我们是一家人，都是德国人，不管我们的观点如何，我们都应该团结一致。但没有人听得进去。

激烈的争论持续了大半个晚上。说实话，当时我不太明白他们在说些什么，只知道我是站在妈妈一边的，卡尔利更不明白。但听到他们彼此咆哮发火、大喊大叫，我俩都感到不安和惊讶。现在回想起来，我意识到我应该明白他们在说什么。但我没有，当时并没有。我想我只是一个成长中的少女。是的，我讨厌冲锋队在街上所做的那些可怕的事情，但事实是——现在说起来，我很惭愧——不得不说，相比政治，我更感兴趣的是那些男孩和骑自行车，尤其是骑自行车。

直到第二天早上，我才意识到这场争论的严重性。当卡尔利和我下楼到厨房吃早餐时，妈妈已经把所有的行李箱都打包好了。她泪流满面，爸爸绷着脸告诉我和卡尔利，我们要回家了。他说，曼弗雷德叔叔和洛蒂姨妈已经决定不再欢迎我们到他们家来，我们再也不会见到他们，也不会再跟他们说话。曼弗雷德叔叔和洛蒂姨妈没有现身。我永远不会忘记离开农场的那一刻，我知道我们再也回不来了。卡尔利开始哭泣，很快我发现自己也哭了。这感觉就像一场美梦破碎了。事实上，美好的生活确实结束了，因为大概是一年后的某一天，爸爸穿着灰色军装回到家，告诉我们他被派往法国。这完全出乎我的意料。战争就是这样开始的，我们的噩梦也由此开始，所有人的噩梦也由此开始。

3.

灰暗世界

"也许我现在该喝口水了。"莉齐说着，伸手去拿杯子。我非常高兴地把水杯递给她。

"我觉得你太累了。"我对她说。

"我很好，"她坚定地回答，"我很好。只是喉咙有点干，没别的。"

"那大象呢?"卡尔问她，"你还没告诉我们大象的事呢。"

"别着急，别着急，"莉齐笑着说，"你和卡尔利真的很像，爱问问题，一个接一个地问。你们之间的相似简直是——怎么说来着——不可思议。我马上就要讲到故事的那一部分了。"她深深地吸了一口气，闭上眼睛继续说下去。

　　故事发生在妈妈去动物园工作，和大象待在一起的时候。那时，许多男人去打仗了，妇女承担了很多男人做的工作。不管怎样，现在爸爸走了，我想我们一定需要挣钱糊口。爸爸每隔几个月休假回家一次，但在我看来，他每次都有很大的变化，几乎变成了另外一个人。他的脸变得消瘦，凹陷的眼睛下面有黑黑的眼圈。他会坐在椅子里，卡尔利坐在他的膝盖上，几乎一言不发。我们再也没有一起去划过船。爸爸再也没有去钓过鱼。他甚至再也没有在留声机上听过他心爱的巴赫。他脸上不再有笑容，即使是卡尔利的把戏和滑稽动作也没能让他笑起来。

　　后来，随着战争的持续，年复一年，爸爸回家

的次数越来越少。我们听说他在苏联的某个地方，但我们不知道确切地址。我们当然有信件往来，但并不多。每当收到新的信件，妈妈都会在每晚睡觉前把它大声念给我和卡尔利听。我们会一起享受妈妈所说的"家庭时刻"，手牵着手围在餐桌旁，闭上眼睛想着爸爸。然后她会把这封信和其他信一起放在壁炉架上，放在爸爸穿军装的照片后面。壁炉台成了怀念爸爸的圣坛。

卡尔利经常问我们，爸爸是不是在战争中死了。

我们告诉他当然没有，爸爸好得很，而且很快就会回家。为了让他高兴，我们什么都告诉他，告诉他在情况变糟之前一切都会结束，一切都会恢复到以前的样子。但战争还在继续，隐瞒真相变得越来越难。随着时间的流逝，前方消息也越来越糟。食物变得匮乏，德国各地越来越多的城市遭到轰炸。因为没有足够的煤来给教室供暖，我们放假的日子也越来越多。苏联军队，我们称为苏联红军，正从东边包围着我们。大量难民涌入德累斯顿。盟军[1]、美国人和英国人，已经从西面进军德国了。越来越多的丈夫、儿子和兄弟被报道死亡或失踪。现在，每周都有同学得知父亲或兄弟再也回不了家的噩耗。所以，我和妈妈自然开始担心爸爸会出事。我们俩都很害怕，但这种情绪只能藏

---

1. "二战"爆发后，部分国家（包括中、苏、美、英、法等国）为抵抗轴心国的侵略而组成的联盟，也是与轴心国对立的阵营。同盟国又称反法西斯同盟。

在内心，不敢表达出来。

在整个战争时期，我和妈妈每天晚上都听收音机，从未间断，收听我们认为爸爸正在战斗的某个战线的新闻。当局政府仍然试图让糟糕的境况听起来像好消息——他们在这方面掩饰得很好。但无论他们想让我们知道什么，众所周知的是，我们已然失去了战争优势，问题只在于何时结束，谁先占领我们，是从东面来的苏联红军还是从西面来的盟军。我们都希望是后者，因为我们从难民那里听说了一些关于苏联人的可怕传闻。到最后，再听收音机实在太痛苦了，所以我们就不听了。我们只好听着留声机，每天都盼着战争快点结束，盼着爸爸能回家和我们团聚。每天晚上睡觉前，妈妈都会让我和卡尔利对着爸爸的照片说晚安。卡尔利喜欢用指尖去触摸他，每当此时我都不得不把他举起来，因为他个子还太矮，自己够不到。

我记得我在那些日子里常常生气——我的意思是

对这个世界的存在方式感到愤怒。说起来很惭愧，有时我会把气撒在妈妈身上，把所有的事都怪罪于她。我当时才十五岁，感觉我的所有幸福都被夺走了。除此之外，我没有任何借口来置气。我感到内心空洞、虚乏、愤怒。这很难解释清楚，但我觉得好像我在这个世界上是孤身一人，那个曾经让人热爱的世界现在却变得让人开始憎恨。我越来越觉得自己与周围的人和事，甚至是朋友和家人，都格格不入，就好像我不再属于这里一样。如同爸爸那样，我甚至再也享受不到卡尔利嬉闹带来的乐趣了。卡尔利继续开着玩笑，玩着杂耍，而我们周围的世界却在分崩离析。我对他越来越恼火，对妈妈也一样。我觉得妈妈看得出来我的变化，于是对我更加慈祥，更加体贴，而这只会使我的情绪变得更糟。

我们住的地方离妈妈工作的动物园不远，所以在天黑的时候，如果我走到花园里，就能听到狮子的吼声，猴子的叽叽喳喳声，还有狼的嚎叫声。我已经习惯了一有机会就出门。不管天气多冷，我都会坐在秋千上聆听这些声音，然后闭上眼睛，试着想象自己在丛林中，远离正在发生的一切，远离战争和所有的不幸。一天晚上，妈妈出来和我待在一起，还给我拿了件外套。

"你会感冒的，伊丽莎白。"她边说边把外套披在我的肩上，然后开始给我讲我们听到的发出声音的这些动物，包括它们的名字、性格、来自哪些国家，以及谁是谁的朋友，还有它们所有有趣的习惯等。然后她开始说起玛琳，那头几乎被她收养的小象。我不想听玛琳的事，但妈妈滔滔不绝地谈论着她，饱含深情，就好像她真的是这个家庭的一员一样。我突然觉得，也许对她来说这头大象比我和卡尔利更重要。

玛琳出生已有好几年，四五岁了吧。妈妈在玛琳出生时就在那里工作了，她为此感到非常自豪。当动物园园长说既然是妈妈见证了小象的出世，应该由妈妈来给她取名字时，妈妈越发自豪了。从那以后，玛琳就像她的孩子一样。特别是在最近这些天里，妈妈一直在谈论玛琳，因为她非常担心她。

就在一两个月前，小象玛琳的妈妈生病，突然去世了。所以，妈妈每天晚上都很晚才回家，在动物园待的时间更长了，只是为了陪玛琳，安慰她。大象和我们一样悲伤——妈妈经常向我们解释这一点。她告诉我们，玛琳需要她尽可能地陪伴在身边，自玛琳的妈妈去世后，她就一直没有进食，而且情绪很低落。现在壁炉架上放着一张她们俩的照片，照片中妈妈抚摸着玛琳的耳朵。这张照片就放在爸爸的照片和他的来信旁边，我一点也不喜欢这种摆放。

妈妈曾多次带着我和卡尔利去动物园看玛琳。的确，她看上去很伤心，很沮丧。妈妈说得没错，她是世界上最可爱的大象，那么温柔。她有一双善良的眼睛，长长的鼻子似乎有独立的生命，发出隆隆声和呻吟声，好像在说话一样，这总是逗得卡尔利咯咯地笑。每当卡尔利咯咯笑的时候，玛琳也似乎高兴了很多。卡尔利和那头大象成了最好的朋友。妈妈带我们去看玛琳的时候是卡尔利生活中最幸福的时刻。他们俩太像了，我是说玛琳和卡尔利。他们都很淘气，富有好奇心，还很有趣。卡尔利在喂玛琳食物以及牵着她的鼻子到处走的时候，都会和她说话。他们成了最好的朋友，最好的精神伙伴。

老实说，我觉得我有点嫉妒，也许这就是为什么我讨厌听到妈妈喋喋不休地谈论她那头让人厌烦的大象。现在她又开始了。

"你听到了吗，伊丽莎白？"她抓住我的胳膊说，"这是玛琳！我敢肯定那是玛琳又在吼叫了。她讨厌听到狼的嚎叫。我告诉过她，它们不会伤害她，但晚上我不在的时候，她就是孤身一人了，她肯定很害

怕。你听见她的叫声了吗？"

"够了，妈妈！"我知道不应该这样对她大喊大叫，但我无法自控，"战争还在进行中，妈妈，你难道不知道吗？爸爸正在战场拼命，他现在可能已经死在苏联的雪地里了。这座城市有成千上万的人正在街上挨饿，你却满嘴都是你那宝贝玛琳。她只不过是一头大象而已，一头愚蠢的大象！"

片刻，妈妈转向了我，说："如果我谈论战争，爸爸会不会回来？会不会回来？轰炸会停止吗？苏联人和美国人会掉头回家吗？伊丽莎白，我想都不会。我们就要战败了，你知道吗？而我根本不在乎。对此我能做什么呢？我为什么要谈论战争，谈这些有什么用呢？我所能做的就是照顾好我的孩子和我的动物，我至死都会照顾好你们和它们。面对玛琳，我会跟她说起你和卡尔利。面对你们，我会谈论玛琳。这难道有什么错吗？"

　　我从未见过她这样，于是马上就后悔说了那些不该说的话。我们哭了起来，在花园的黑暗中彼此抱在一起。真奇怪，这样的时刻能改变周围的一切。在那之前，我只是她的孩子，她的女儿，她只是我的妈妈。在那之前，我们很少互相吐露心事。可此刻，我们对彼此敞开了心扉。就在这时，她告诉了我到底是什么让她如此困扰。

　　"好几个星期了，我晚上都没合眼，你知道为什么会这样吗，伊丽莎白？"她说，"那是因为我担心爸爸，还有你和小卡尔利。我担心，确实很担心。但这还没完，还有一些更糟心的事，实在是太糟心了，我无法把它从脑海中抹去。"

　　"什么事呢，妈妈，发生了什么？"我问她。

　　于是她领着我离开了这所房子，来到花园靠后墙的长凳上——夏天的晚上，她和爸爸想独处时，总是坐在这条长凳上。我和卡尔利经常从卧室的窗户看他们，总想知道他们在说些什么。我记得，有时小卡尔利会假装抽烟，模仿爸爸的一举一动，直到他把我们都逗乐了。我想那是我第一次和妈妈坐在长凳上。我坐在爸爸的位置上，感觉很特别。

妈妈和我说话时紧紧地握着我的手："伊丽莎白，一两个月前动物园园长把我们所有的管理员和其他工作人员叫到一起，他说有很重要的事要告诉我们。园长说，直到现在，德累斯顿还没有被轰炸过，但德国几乎所有的大城市都成了废墟，如柏林、汉堡、科隆。成千上万的人死了，只有德累斯顿幸免。他告诉我们，炸弹袭击者迟早会来，所以我们必须为此做好计划。到目前为止，我们还算幸运，但这种运气不能永远持续下去。德累斯顿怎么会成为特例呢？当轰炸机来的时候，我们要提前做好充分的准备。我们都要到地下室或避难所去，这些地方足够深，这样我们很多人有机会活下来。灾难来临时，我们知道要去哪里，都会做好空袭演习。但是动物们，它们无处可去，无处可藏。如果动物园遭到炸弹袭击——这很有可能发生在突袭中——那么很多动物可能会从笼子里逃出来，跑到城市居民区。当局表示，不允许这种情况发生。"

"那他们会怎么安置动物们呢？"我问妈妈，"他们会把动物们带到安全的地方吗？"

"恐怕不行，"妈妈回答说，"园长非常遗憾地告诉我们，已经决定必须处决大部分动物，特别是大型食肉动物，如狮子、老虎、熊，还有大象，任何可能对城市居民构成威胁的动物都必须被处置掉。'我知道这很残忍，但也是不得已，'园长告诉我们，'如果发生最坏的情况，轰炸机真的来了，那我们只好这么做，别无选择。我们应该做好准备。'伊丽莎白，这是园长的原话，"她失声道，几乎要哭出来了，"什么叫'做好准备'？我怎么能袖手旁观，看着他们枪杀玛琳呢？你说，我能吗?！我想都不敢想，伊丽莎白。我真的想都不敢想。"

"妈妈，轰炸机真的会来吗？"我问她。

她没有马上回答。"恐怕会来，伊丽莎白，"她说，"说实话——我想你也长大了，可以面对现实——我想不出它们有什么理由不来，这是迟早的事，我们心里都明白这一点。"

我想我这辈子从来没有像此刻这样害怕过。妈妈尽力安慰着我。

"我不应该告诉你这些的，真不应该。"她低声说着，紧紧地搂住我。"但别担心，不管发生什么，我都会照顾好你和小卡尔利。防空警报会给我们充足的避难时间，而且防空洞离得很近，又很深，炸弹威胁不到我们，不是吗？况且我们已经演练很多次了，都会挺过去的。我向你保证，你、我，还有小卡尔利，我们都会平平安安的。他们尽管轰炸，我们照样能活

下来。伊丽莎白，我还向你保证，我也会让玛琳和我
们一样活下去。我不会让这场战争夺走我所爱的一
切。"然后她擦去了我的眼泪，一只胳膊紧紧地抱着
我，另一只手拨开我眼前的头发，"相信我，伊丽莎
白，一切都会好的。我们进屋去，跟爸爸道晚安吧。"

于是我们就去这样做了。第二天早上，我们三个
人一同在妈妈的床上醒来，妈妈说，她好久没有像昨
晚那样睡得那么好了。早餐时，她告诉我们，从现在
起，她希望我们永远睡在一起。很久以来我都没见过
她这么高兴，我也一样。那天早上我们离开家时，她
和我吻别，拥抱我时在我耳边低声说了些什么。"伊
丽莎白，夜里我想到了一个主意，一个绝妙的主意，
一个了不起的主意。这是一个秘密。"

"什么主意？"我问。

但是她不愿意再说下去了。

那天和卡尔利一起去上学的路上，我听到头顶上

突然传来一阵飞机的嗡嗡声。我感到一种恐惧的颤抖
爬上我的后背。然而卡尔利却跳上跳下，双手疯狂地
挥舞着。

　　"是我们的飞机！"他叫喊着，"是我们的飞机！"
的确，这一次，天上飞的是我们的飞机。

第二章

战火

Part Two
Ring of Fire

1.

生日惊喜

在倾听莉齐的故事的时候，我看得出她在讲述的过程中似乎在脑海里将过往每一时刻又重新来过了一次。这显然使她耗力过多，让她有些精疲力竭了。她又把头靠在枕头上，沉默了一会儿。

"今天就先这样吧，莉齐。"我告诉她，起身要走，并鼓动卡尔也站起来，"剩下的你可以改天再告诉我们，也许明天。走吧，卡尔。"我看得出卡尔对我的提议一点也不满意，但他没有跟我争辩，而是向我甩来黑脸。

"不要走，"她低声说，伸手示意，"请让他留下。你想知道我妈妈的秘密是什么，对吧，卡尔利？现在是告诉你的最佳时机。今天再恰当不过了，明天就太迟了，因为明天已经不是 2 月 13 日了。所以我现在必须告诉你发生了什么。你看，这也算是周年纪念，讲故事也是具有时间意义的。而且，"她接着说，又有点淘气且意味深长地看着我，"而且，你知道吗，对我这个年纪的人来说，明天或许永远不会到来了。我们迟早会耗尽'明天会到来'。我说的是实话，不是吗？"

"别这样说，"我知道自己被说服了，"你还有很多个明天。现在，你确定不太累吗？"

"亲爱的，等故事讲完，我自然就会累的。"她回答说。

"那好吧，"我告诉她，"我们留下来，但你得听我的，再喝点水。就这么说定了，可以吗？"我半开玩笑地说，而她显然也明白这一点。

"你的妈妈，卡尔利，"莉齐笑着说，"是一位非常优秀的护士，我相信她也是一个非常优秀的母亲，但她有时会非常专横。我说的对吗？"

"没错。"卡尔回答道，用力点了点头，脸上满是得意的笑容。

"一言为定。"莉齐说。她又喝了几小口，然后用床单擦了擦嘴唇，又躺回枕头上。

"真奇怪。"她开始说……

我想，我们当时的精力都放在了应付日常生活上，不久之后，我竟然疏忽妈妈的神秘主意了。我确实问过她一两次，她说她正在"按部就班地进行着"。我当然没有忘记她的警告，轰炸机可能很快就要来了，也没有忘记军队将从四面八方包围我们。我怎么可能忘呢？我只是尽力不去想这件事。

现在回想起来，难以置信，我并非一直处于担惊受怕中。生活一如既往地继续着。卡尔利和我像往常一样去上学——只要有足够的煤给学校供暖就行。我们有作业要做，还有考试。人们像往常一样在街上走着，聊着。电车像往常一样嘎嘎作响地驶过。我不能忘记战争——当然不能，我们谁也不能忘记——但我想我们都必须把它搁在脑后，继续过好每一天，尽我们所能将每一天过好。超越眼前与当下，超越笼罩在我们心头的灾难阴影，也许是让我们保持希望的唯一方法。我非常希望妈妈是对的，每天晚上我都祈祷万事皆安；祈祷过几天战争就会结束；祈祷轰炸机不会来；祈祷某天早上当我看向街道时，爸爸正向家走来，我将奔向他，让他把我紧紧地抱在怀里；祈祷当春天来临时，我们一家人能再去曼弗雷德叔叔和洛蒂姨妈的农场去看他们，我们还像以前那样是亲友，我和卡尔利将睡在树屋上看月亮穿越云层，一切都将归于我记忆中的美好，本该如此的。

　　下雪天来了，就像今天一样，当然小卡尔利很喜欢。他是学校里唯一会用雪球进行杂耍的人！我们去公园玩雪橇，在花园里堆雪人，在上下学的路上互扔雪球。整个城市似乎都在雪毯下安静地睡着了。管道冻结，我们也冻结了。这是我所经历过的最寒冷的冬天。很快，雪就没那么好玩了，因为这只会让每个人的生活更加悲惨，尤其是那些流落街头的难民。现在每天都能看到成百上千的人，在施粥场外的雪地里排着长队，或者在门口挤作一团抵御寒冷，其中夹杂着孩子的哭声。更可悲的是，战争没完没了地拖着。

　　1945 年 2 月 9 日，我十六岁生日，这一天我永远也不会忘记，不是因为我收到很多礼物，也不是因为有很多朋友到家里来聚会。因为没有钱去张罗这些事，而且，谁也没有心情去庆祝什么。妈妈和卡尔利给我做了一张生日贺卡，早餐时送给了我。我记得那是一种拼贴画，里面全是马戏团生活的剪影，有小丑、特技表演、杂耍演员、马，还有大象，当然，很多很多大象。那天早上去学校之前，我把它放在壁炉架爸爸照片的后面。

那天晚上我们放学回到家时，妈妈还没回来。我们并不觉得奇怪，因为这些天她回家都比较晚，我们已经习惯了。但在这个特别的晚上，她甚至比平时还要迟。我开始有点担心了。就在这时，我听到花园的门吱吱响，然后妈妈在花园里喊我们，她是从后门进来的。我觉得有点奇怪，但没再多想。她回来了，我终于松了口气。她从后门进来，跺掉靴子上的雪，肩上背着一个麻袋。

"土豆。"她说着，把麻袋往地上一扔，在餐桌旁重重地坐了下来。她气喘吁吁，因寒冷而显得容光焕发，也很高兴，我很久都没见到她这么开心了。"伊丽莎白，我要为你做一碗土豆汤庆生，外加一点火腿——家里还剩下一点火腿。我要给我的女儿做最好的土豆汤。还有……还有，我给你准备了一份礼物，一个惊喜。"

"惊喜？"我说。

"当然，"她笑着说，"你的生日不可能没有惊喜，不是吗？我保证这也是你有生以来最大的惊喜！它在外面的花园里，因为我觉得可能有点太大了，带不进屋里来。"

卡尔利比我先蹿到窗前，这让我很生气，因为这是我的生日，是给我的惊喜，不是给他的。我把他推开看向窗外。外面还在下雪，除此之外什么也没看到。这时卡尔利已经冲到后门，打开了门。"花园里有一头大象，妈妈！"他叫喊着，"为什么我们的花园里有一头大象？"

这时我也看见了她，一个巨大的影子在向我移来，慢慢变成了一头大象，她走进了窗户透出的亮光里。妈妈搂着我，亲吻着我的额头。

"我的秘密，还记得吗？"她低声说，"生日快乐，伊丽莎白。"

"是玛琳！"卡尔利喊道，高兴得上蹿下跳。

"真的是她吗？"我说。我仍然不确定是不是我的眼睛在欺骗我。

"我花了些时间说服园长先生，但最后我成功了，"妈妈告诉我，"我向园长坦诚地说，如果玛琳出了什么事，卡尔利会心碎的。我还让他相信，玛琳现在日日夜夜都需要我，因为她已经失去了妈妈，很可能会日渐憔悴，在悲伤中死去。我得一直陪在她身边。对此我非常确信，非常非常确信。更好的消息是，我说服园长答应我，如果轰炸机来了，玛琳可以免于被射杀。我告诉园长，她虽然身形较大，但仍然很年幼，温顺得像只小猫，对谁都没有危险。要说服园长一点也不容易，但你知道，我是很坚持的。从现在起，玛琳每天晚上都会和我一起从动物园回家，早

上我会带她回动物园。我们不能让她离开我们的视
线。她和我们住在一起，就像家人一样。伊丽莎白，
作为你的生日礼物，你有了一个新妹妹。嗯，我想应
该是一个大姐姐。"

"她也是我的姐姐！"卡尔利喊道，兴奋得忘乎
所以。我记得他当时说了两个词："Wunderbar！
Ausgezeichnet！"就是"好极了！太棒了！"

我无言以对。我想我还是太惊讶了，想不出什么
话来说。

"今晚，"妈妈继续说，"我们都吃土豆，玛琳也
喜欢吃土豆。她喜欢被人喂食，还记得吗，卡尔利？
现在我们都可以喂她吃了，多好啊！她的饭量比较
大，不过她不挑食，似乎不介意吃坏掉一半的土豆，
那些我们不能吃的土豆。"

那天晚上，当我们吃着热气腾腾的土豆汤时，玛
琳透过窗户望着我们，用她的鼻子探着玻璃。后来，

我们走到外面的雪地里，卡尔利伸出手，牵着她的鼻子，把她带进了半空的棚屋里，那里有足够的空间让她避雪。他站在她身边，抚摸着她的耳朵，喂她吃土豆，看起来他非常上手，好像一直以来都在这么做似的，他还一直跟她说着话。玛琳也用她自己的方式应答。是的，她在回应，她真的在回答，发出呻吟、咕噜、隆隆声——她有自己完整的语言表达方式！

我拿着灯给妈妈照明，她在玛琳的脚边抖开一些稻草。但我确实和玛琳保持着距离，也许是因为她太大了，在我们的柴棚里看上去似乎比在动物园里要大得多。但我想我当时也很紧张，因为她看我的方式起初让我觉得很不舒服。她不是正常看我，而是直勾勾地盯着我。所以我知道她一定能看出我对她和卡尔利的嫉妒之情。但后来我慢慢明白，她不是在审视打量我，因为从来没有人像这样凝视我的眼睛，那是一种充满了好奇、善良和爱的眼神。在棚屋里的第一个晚上，我对玛琳的所有挥之不去的怨怒都消失了。

当我们听到远处动物园里的狼嚎时，她开始显得不安和焦躁起来。我伸出手，抚摸着她的鼻子，安慰她，告诉她无论她对我有什么感觉，我都能够感同身受。我记得卡尔利在棚子里抬头看着我说："现在我有两个姐姐，一个鼻子长，另一个鼻子短——嗯，只是短一点！"

我不会告诉你们我对他说了什么，反正不是什么礼貌的话！

那天晚上，我和卡尔利都没怎么睡。我们并排跪在窗户旁，望着外面的棚屋。我们所能看到的只有玛琳在棚子里那黝黑的身躯。然后，偶尔，她的鼻子会伸入雪夜。

"她在接雪花，不是吗？"卡尔利说。

我们是那种通常不与别人来往的家庭。我们习惯了这样，就像爸爸常说的，在那个时候这样更安全——最好不要引起别人的注意。所以直到现在，我们在这条街上的邻居都很少注意到我们。但第二天早上，一切都变了。我们从后门进入公园，妈妈牵着象鼻走在去动物园的路上，我和卡尔利背着书包，顺着她们的脚印穿过雪地，走捷径去上学。街道上每个窗口都能看到惊讶的面孔。我们的一些同学看见了我们，现在也到公园里来了，有好几十个，后来又有一大队人跟在后面，个个都满腹疑问，兴奋不已。

到了岔路口，我们都站在那里，看着妈妈和玛琳穿过树林朝动物园的方向走去，然后才跑下山丘去了

学校。那天在学校里，没有人谈论军队或战争，因为
我们有了别的谈资。我们很快发现，玛琳让我和卡尔
利一夜成名。我还记得被一群仰慕者簇拥的感觉有多
不同寻常。这种体验我以前从未经历过，但我喜欢这
种感觉。我注意到，在游戏时间里，卡尔利也和我一
样享受着聚光灯下的乐趣。由于他的杂耍和其他各种
花哨的把戏，他比我更习惯于成为人们注意的中心。
我还注意到，没有人再叫他"假腿子"了，他现在成
了"象仔"，这对他来说真是好事。那天晚上，我们
互相扔雪球，在回家的路上一路玩耍，一路欢笑。

2.

玛琳日常

当晚晚些时候，一位面带忧虑的警察来到我家，向妈妈询问我们在花园里养大象的事。但是，妈妈正期待着官方的这种来访，她已经考虑到了一切。她给警察读了园长写的那封信，信中允许她照看大象，并声称大象还小，只有四岁，而且刚刚失去了母亲，成了孤儿，所以需要特别关照。她还说这是一头异常冷静的小象，有她的彻夜监护，很安全。她还让警察亲自视察了花园，确保大象不会对公众造成任何危险。警察想亲自看看那封信，而且即便如此，他还是想看看关着玛琳的花园是否安全。所以我们带他去看，由卡尔利带路。

玛琳躲在她的小屋里。我看得出来警察不想靠得太近。他穿过花园，把大门敲得嘎嘎响，让自己确信它已被安全地关上了。但他说我们应该把门锁起来，以防万一。他转身的时候，发现玛琳就在他面前。她是来做自我介绍的，她伸出鼻子去摸他的脸，他显得有些惊慌。可是不一会儿，玛琳的鼻子碰巧把他的帽子撞掉了，我们都笑了，他也只好跟着笑了。

之后，警察高高兴兴地走了，玛琳被正式允许留下，我们也很开心。尤其是卡尔利，因为警察的帽子被碰掉而咯咯地笑个不停。后来，这成了我们不断讲述的家庭故事之一，但卡尔利讲得最好，他把警察脸上的惊惶表情模仿得惟妙惟肖。

第一天之后，妈妈每天晚上都带玛琳回家，大家纷纷想来看看花园里的小象。所有的朋友突然都想来看我们，我们还因此结交了一些新朋友。一张张好奇的面孔总是从花园大门的铁栏里投来瞩目的眼神。玛琳喜欢这种崇拜，卡尔利也一样——他总是和她一起在花园里，让每个人都知道玛琳是他的私人大象。玛琳喜欢别人给她的珍馐美味。她什么都吃：陈面包皮、卷心菜叶，有时甚至是苹果或面包，但我想她总是希望吃土豆——就像妈妈说的，土豆才是她的最爱。所以，无论何时有人出现在门口，玛琳都会带着卡尔利走来走去，非常乐意接受他们的馈赠。

不过，问题也随之而来，实际上还比较棘手——我们的住所现在似乎对整个社区都开放了，除这个事实外，还有不久后大堆的大象粪便开始出现在整个花园的雪地里，看上去就像一座座巨型鼠丘。

"这对菜园来说真是太棒了。"妈妈说。我们用手推车一车一车地把它运走，堆在花园的角落里。卡尔利似乎很喜欢做这件事——他喜欢任何和玛琳有关的事情，但我不喜欢。你无法想象那里面有多少粪便，又有多么臭。我发现，推独轮车的时候还要腾出一只手来捏着鼻子真不容易！

过了几天，我才鼓起勇气独自到花园里去看玛琳。她从棚屋里出来迎接我，慢慢地向我走来，用她的鼻子嗅着积雪。她从内心深处满意地朝着我发出隆隆声，然后用她的鼻尖探查我的头发和脸——这是她打招呼的方式。当我伸手摸她的耳朵时，我想她希望我给她带了一个土豆来。如果我想到这一点，我肯定会带的。但她似乎对我的"无心之举"并不太失望。记忆中，我们通过眼睛说了很多话。我们站在那里，周围雪花纷飞。我们彼此都清楚——我敢肯定——我们正在成为终生挚友。从她的眼睛里，我确实感觉到她失去母亲后仍在承受的极度悲痛。虽然我从未说过什么，但我知道她理解我所有的恐惧，关于爸爸，关于现在可能随时会来的轰炸机，关于战争。

　　玛琳总是那么宽容，那么耐心。我从来没有见过她生气，直到有一天那只狗来了。那是一只大狗，很吵闹的狗——我想应该是只阿尔萨斯犬，但也不能十分肯定。这只狗会突然出现在花园门口，冲她狂吠，全身都气得发抖。它一次又一次地回来，玛琳每次都穿过花园向它跑去，大声吼叫，甩动并拍打着耳朵，但这只狗会更加生气。我们都想把它赶走，用棍子隔着门闩朝它咔嗒咔嗒地敲，还大喊着让它走开——有一次卡尔利还朝它扔了些粪便——但这些都没用。那只讨厌的狗总是会回来。

　　一天晚上，狗的主人和它一起站在门口，狗像往常一样狂吠。我们可以听到玛琳又开始发狂了，卡尔利在外面大喊着让它走开。于是，妈妈跑到花园里去，我跟在她后面。她告诉这名男子适可而止，他的狗失控了，吓到了玛琳。他们隔着栅栏大吵了一架，那人边走边骂，挥舞着拳头，冲我们大喊公园是公共场所，他的狗有权利吠叫，而大象无论如何都应该待在动物园里。

整个晚上，妈妈都在为此愤愤不平。晚饭期间以及之后，她一直站起来朝窗外看玛琳。我看得出她非常担心。最后，她出门到花园里去看玛琳。

"她还在外面踱来踱去，"妈妈回到屋里时说，"每当她在动物园的笼子里感到不开心的时候，她都会这样做。那只讨厌的狗使她心烦意乱。我要带她去散步，这通常能让她安定下来，我想这就是她现在需要的。外面天空中挂着一轮可爱的满月。孩子们，要跟我们一起出去走走吗？"

老实说，我不想去。我想待在暖和的屋里，不想再到寒冷的地方去了。

当然，卡尔利

根本不需要邀请。他的脚已经踩进了靴子，耸耸肩穿上了外套。"我能牵着她的鼻子吗，妈妈？"他喊叫道，"她喜欢我牵着她的鼻子。"

他们马上就要出门了。我决定和他们一起去，因为我不想一个人待在家里。我还记得我抱怨过："我们真的必须这么做吗？"但没人听我说话。我要尽量让自己暖和些，于是把帽子拉下来盖住耳朵，用围巾裹住自己，还在卡尔利要出门的时候抓住他，也给他戴上帽子和围巾，因为他可不会费心去做这些。他厌烦我这些无谓的忙乎，一心想出去和玛琳待在一起。

过了一会儿，我们穿过大门，到了外面的公园里。月光下，雪地银光闪亮，周围万籁俱寂。卡尔利牵着玛琳的鼻子，发出他惯常的咔嗒声，叫她快走，就像他在曼弗雷德叔叔的农场里对托米做的那样。我又注意到以前经常注意到的事情，就是当卡尔利最快乐的时候，他走路就跛得不那么厉害了。他和玛琳一起走在我们前面，雪地上一步一个脚印，几乎看不出他的跛脚。

妈妈挽着我的胳膊向前走着。"伊丽莎白，无论爸爸在哪里，天涯共明月，他也能欣赏到这轮当空皓月，"她说，"也许他现在也像我们一样仰望着它呢。"

就在这时，一只狗突然从树下冲了出来，狂吠着向我们扑来。我一眼就看出，这就是那只穿过大门折磨玛琳的阿尔萨斯犬。妈妈向狗跑去，拍着手，冲它喊叫，但并没有阻住狗的狂吠，它还不走。相反，它绕到了玛琳身后，对着她一直咆哮。玛琳突然转过身来面对着它，一下把卡尔利甩在了雪地里。我立刻跑过去扶他站起来。当我抬起头来的时候，玛琳已经在雪地里冲了出去，把狗赶开了。她一边赶一边吼叫，鼻子胡乱摆动，耳朵鼓得大大的。妈妈跌跌撞撞地跟在她后面，叫她停下来。但我看得出，现在已经无法阻止玛琳了，她要么把狗赶出视线，要么就把它踩死。

3.

逃生跋涉

我拉着卡尔利的手，跟在妈妈后面，在雪地里追着玛琳跑。但雪很深，我们很快就跑累了，只能步行。在我们前面，玛琳还在追着那只狗。不管那只狗多么努力地想在雪地上挣脱、逃走，玛琳就是紧追不放。她的怒吼声一直回荡在公园里，现在我耳边的声音越来越大，直到我开始意识到，我听到的根本不是玛琳的吼叫声，而是空袭警报在城市上空的哀号。我停下来认真辨认，以确定我的耳朵没有跟我开玩笑。

卡尔利抓紧了我的胳膊。"空袭！"他叫喊道，

"空袭！"当时我只知道，我们必须尽快赶到避难所，就像之前别人教我们的那样。在我们前面，妈妈也停了下来。她大声叫玛琳回来，一次又一次地大声叫喊，但玛琳还是不停地追赶。她已经消失在了树林里，这时妈妈跌跌撞撞地向我们走来。

"孩子们，我们现在已经无能为力了，"她说，"我们以后会找到她的。现在我们必须回家，到避难所去。快走！"她抓住卡尔利的手。

"不！"卡尔利喊道，挣脱她，转身跑开，"不！我们不能！我们不能丢下她。我们必须把她找回来！我要去追她。你们想回家就回家吧。我不回去。"

"卡尔利！卡尔利，别傻了！你马上回来，听到了吗？"妈妈在他身后喊着，几乎是在尖叫。但我知道这毫无意义，卡尔利已经下定决心了。我开始追他，妈妈也是，但他已经跑在我们前面了。此时，我们只能看到玛琳的影子在树林里移动，然后我就完全看不见她了。我们很快追上了卡尔利，这时，他已经不止一次摇摇晃晃地跪倒在地，精疲力竭了。我和妈妈试着把他扶起来，尽我们所能劝说他必须跟我们回到避难所去。他仍然在反抗，仍然在挣脱我们，和我们缠斗。就在这时，我们听到了害怕许久的那种声音。

轰炸机的声音。

轰炸机来了。起初听起来像是远处的嗡嗡声，后来变成了近处的蜂鸣声，就像一群蜜蜂，一群越来越近、越来越近的蜜蜂。我们抬头去看，仍然看不到飞机。我们不知道它们是从哪个方向来的，因为它们似乎就在我们周围，只是看不见而已。

然而很快，我们头上的天空就充满了响雷般的轰鸣声，声音之大，我觉得耳朵都要炸裂了。卡尔利用双手捂住耳朵，尖叫着。然后炸弹开始落下，落在我们身后，落在城市里，落在公园的另一边，落在我们刚刚经过的地方，落在我们的街道上，落在我们的房子上。随着每一声爆炸响起，整个世界都在颤抖。对我来说，这就像世界末日来临。

现在我们别无选择。在那一刻，我们都知道再也回不去了。妈妈把卡尔利抱在怀里。他紧贴着她，把头埋在她的肩上，哭喊着要找玛琳。我们跑啊，跑啊，跑啊，再也不知道疲倦了，是恐惧驱使着我们撒腿狂奔。我再次抬起头，看见飞机正飞过月亮，有好几百架。现在炸弹已经落满了德累斯顿。我们听到了它们坠落时发出的呜呜声和嘎吱嘎吱的响声，看到爆炸的亮光，看到熊熊燃烧的火焰。

我们再也没有争论什么，没有再谈论玛琳，因为她已经消失在了夜色中，也没有商量回家去的问题。对于玛琳我们已经无能为力了。很明显，如果有任何方法可以逃离炸弹的话，那就是去我们前面郊区以外的旷野，而不是回到后面燃烧着的城市的避难所里。

　　他们要轰炸的是城市，不是乡村。我告诉自己，我们只需要继续走下去，很快就会走出公园，进入城郊，离远处田野和树林的安全地带越来越近。

　　我们尽量往前赶，但不得不偶尔停下来喘口气。每次喘息之时，我们都会驻足向后看，凝望着这座城市。那是我们的城市，就这样在我们眼前被摧毁了。探照灯在天空中交叉闪烁。高射炮不断地开火，开火，砰砰地响个不停。但轰炸机一直不间断地飞来，炸弹的爆炸声越来越近，越来越响，在我们耳边轰鸣。房子和工厂冒出来的熊熊火舌舔舐着天空，火焰从一座建筑跳跃到另一座，从一个街头扑向另一个街头，火焰相叠。在我看来，每一簇火焰都在寻伙觅伴，以便形成炼狱之势，可以更为猛烈地肆虐燃烧。

　　我们一次又一次地远离，继续往前跑，部分是因为燃烧带来的高温，部分是因为我们再也看不下去了。我们现在已经跑出了公园，上了穿过郊区的公

路。突然间，起风了，我们走着的时候，一阵猛烈的风吹打在我们脸上。我们迎着风摇摇晃晃地在雪地里走着。

我们沿着这条路走到了一座陡峭的山顶，那时妈妈已经不能再抱着卡尔利前行了。她不得不停下来。我们发现自己跪在雪地里，回头看着这座城市，看着现在完全包围着它的火圈。我们跪在那里，可以清楚地听见轰炸机的嗡嗡声和射击声。此外，我们还听到

了一些尖叫声。当我看见妈妈惊恐的表情时，我就明
白这种尖叫来自何处了。那是动物的尖叫，濒死动物
的尖叫声，那声音是从动物园方向传来的。它们正在
被射杀。妈妈用双手捂住卡尔利的耳朵，把他抱在怀
里。她哭了起来，不能自已。我想此刻她心中充满了
愤怒和悲伤。我和卡尔利搂住她，尽力安慰她。我
们继续跪着，任凭灼热的风烘烤着面庞。射杀还在继

续，炸弹还在落下，整个城市还在燃烧。

最后给她带来安慰的既不是卡尔利也不是我，而是我们身后的呼吸声。那是玛琳。奇迹般地，玛琳的象鼻缠绕着我们，拥抱了我们。那一刻我记忆犹新，因为我们三个都笑了起来，破涕为笑。我们本来是要去找玛琳的，因为她不见了，现在她却找到了我们。我们立刻站了起来，高兴极了，卡尔利一遍又一遍地吻着她的鼻子，妈妈抚摸着她的耳朵，并对她说她那样跑掉是多么顽皮。我抬头望着玛琳的脸，在她忧伤的眼中看到城市的烈焰熊熊燃烧。她知道发生了什么，明白这一切。对此，我深信不疑。

我想玛琳的突然出现给了我们所有人新的希望，新的力量，尤其是妈妈。"好了，孩子们，"她一边说，一边掸掉外套上的雪，"我们无家可归了，当然，这个城市也所剩无几了。所以我一直在想，我们只能去一个地方，我们要去农场，去曼弗雷德叔叔和洛蒂姨妈那里。步行去那儿要走很长很长的路，但我们没有其他地方可去了。"

"但是你和爸爸，"我说，"你们告诉我们永远不能回农场，永远……"

"我知道，"妈妈对我们说，"但我们别无选择，不是吗？我们需要食物和住所。他们会照顾我们的，我知道他们会的。那只是我们的一次家庭纠纷，仅此而已，没什么大不了的。我相信现在一切都已经过去，我们也可以把这些不愉快抛诸脑后了。等我们到了那儿，他们会张开双臂欢迎我们的。不会有事的，我向你们保证，到时候你们就知道了。"

"伊丽莎白？"卡尔利说，一边悄悄地把手放在我的手中，"伊丽莎白？他们为什么要做这种可怕的事？为什么轰炸机要来？"

"因为他们是我们的敌人，因为他们恨我们，"我告诉他，"因为他们是野兽。做出了这种事情，他们一定是野兽，美国人、英国人，他们所有人都是野兽。"

"可他们为什么恨我们呢？"他问我。

这时，妈妈替我回答了，我很高兴她这样做，因为我无法回答卡尔利。"如果他们恨我们，卡尔利，"妈妈说，"那是因为我们也轰炸了他们的城市。我们现在看到的是一个疯狂的世界，孩子们，一个充满了野兽的世界，所有人都热衷于自相残杀。我们不应该忘记，世界变成这样，我们每个人都有责任。"

当转身前行时，我们必须紧紧地抱在一起，这样风才不会把我们吹回城市，吹向大火——这阵风太猛烈了。我记得卡尔利抬头看着我，指着那些树。"花园里的树，都在摇晃，伊丽莎白，"他说，"我想它们是怕风。它们像我们一样想逃离，但它们做不到。风为什么刮得这么厉害？它为什么如此生气？"这回即使是妈妈，也回答不了他。卡尔利当时哭了，为我们燃烧的家园而哭泣，或许也为我们身后留下的那些无法逃离的树木而哭泣。

于是我们开始了漫长的雪中跋涉，沿着一条很快变得越来越拥堵的道路。路上挤满了几十、几百乃至成千上万像我们一样的人，都是从德累斯顿蜂拥而出的，我们所有人都不顾一切地想要离开这座城市。当我回头看时——我尽量不去看——德累斯顿已经面目全非。在我看来，它已经变成一个巨大的篝火，火上加火，火本身形成的劲风击打着我们的脸，并尽其所能阻止我们逃跑，把我们所有人吸回那座燃烧着的城市。我们周围都是令人窒息的烟味。卡尔利有时感到呼吸困难，不得不停下来咳嗽，把肺里的烟咳出来。

我和妈妈担心这会导致他的哮喘发作，不过幸好没有。飞机还是不断地飞来，不断地投下炸弹。

那是我一生中最漫长的一夜。我以前从未目睹过如此大规模的人类苦难。这是一个我永远不会忘记的绝望民族的声音：哭泣、呜咽、尖叫、祈祷。那天晚上我们都想快点离开这座城市，但我们移动得却又非常慢。我们在寒冷和黑暗中拖着脚步向前走，大多数人是步行，但也有很多人骑着自行车，或开着汽车、卡车，农用手推车，每个人都在推推搡搡，想方设法走在前面，想要稍微快一点。那么多的人绝望地寻找他们失散的亲人，那么多的人裹着绷带，在痛苦中哭泣。

　　这就像在地狱中行走，似乎没有尽头。只有军队的车辆和救护车能够找到一条路通行，他们向我们鸣喇叭，挥手让我们靠边。我们每时每刻都渴望着走出炽热的郊区，进入令人愉快的黑暗的乡村，因为路上的每个人都知道此刻黑暗中才是安全的。我想这也是我们前进的动力。

我们跋涉了整整一夜，但随着时间的流逝，道路变得更加拥挤——大部分是难民，像我们一样步行，但现在似乎有更多的人，拉着装满老人或孩子的大车，随身财物堆积在他们身边。随着轰炸机的咆哮声终于消失，空中充满了呜咽的声音，好像整个世界都在哀悼。天刚蒙蒙亮，就听到了拖拖拉拉的脚步声，还有车轮翻来滚去的吱嘎声，偶尔还有马的嘶鸣声。从山顶回头望去，我觉得我们就像一支巨大的送葬队伍。

长队基本是单向而行。但在黎明时分，更多满载士兵的卡车车队呼啸而过，在返回城市的路上，摩托车护卫队疯狂地挥手示意我们靠边。他们是第一批注意到玛琳的人，当他们从我们身边经过时，有些人指着我们，瞪着我们。至于我们的难民同胞，也许他们太茫然了，过度受伤，或者只是太累了，并没有过多注意这头跟他们一起游荡的小象。有几个孩子很好奇，但每个人，包括大部分孩子，沉默寡言。人群中看不见激动的笑容，只有一种呆滞的惊恐。

我不知道我们远足跋涉的第一天走了多远——可能只有几公里，但感觉像一百公里。我们没有食物，没有水，只有路边的雪可以吃。前行的速度仍然非常缓慢。我们的前面、后面以及视线所及的地方是一长串可怜的难民队伍，我们只不过是其中的一分子。有时道路变得非常拥挤，我们几乎无法移动。此时寸步难行是最糟糕的。人群中因此爆发争吵，大家的脾气也越来越暴躁。

然而，卡尔利似乎很高兴能和玛琳一起这么走着，他抱着她的鼻子，一直和她说话。他没有一次因为腿脚不利索、哮喘或者寒冷而抱怨。我真希望自己能抱怨抱怨，因为我的脚很痛，耳朵也很痛，很想吃点东西，随便什么都行。当我向妈妈抱怨任何一点的时候——我以前经常这么做——她就会搂着我，微笑中带着温柔的责备，耸耸肩说："我也是，伊丽莎白，我也是。"这起不到任何作用，也没有让我感觉好一点。

当天下午——我们沿着道路行走的时候穿过一片松树林，我记得，行进速度比以往任何时候都更加缓慢——妈妈突然拉着玛琳的耳朵，没有任何预警地让我们改为沿着森林小道往前走，远离公路。这里的路走起来更困难，更费劲，雪也更深，但至少我们不再跟几百个人一起没完没了地拖着走了。卡尔利一直问妈妈我们为什么要走这条路。我也在问，但妈妈并没有回答。

"继续走。"她告诉我们。回到主干道上的其他难民在我们后面大喊大叫，说我们会在森林里迷路的。妈妈没有理会他们，只是继续往前走，也不回应那些人，甚至没有回头看。"我不希望他们跟着我们。"她说，"我们最好靠自己。"

　　过了一会儿，当我们走得看不见路人的时候，她停下来告诉我们她的想法。"孩子们，你们的爸爸和我，在我们年轻的时候，在我们刚结婚的时候，在你们两个出生之前，我们经常从城里大老远地骑着自行车到曼弗雷德叔叔的农场去。如果走大路，要绕一大圈才能到。但你们的爸爸精通地图，他发现了这条捷径。从那以后，我们总是走这条路。这段路程，骑自行车需要辛苦地骑一整天。步行的话，我想我们差不多需要两天，但我们不能停下来。如果停下来，我们会太冷的。孩子们，好消息是，再往前走几个小时就会有一条小溪，爸爸和我过去常常坐在那里野餐。我们现在不能野餐，但是我们可以喝足够的水，不也很好吗？我们可以想象一下野餐的场景，也是很好的。也许我们能在什么地方找到一所房子，讨点吃的，谁知道呢？现在，有一件事是肯定的，那就是我们永远不会在之前的那条路上找到食物或水。那么慢的行进速度，我们要花很长时间才能到达农场。孩子们，我们前面可能还有点困难，但我们会克服的。我们必须这么做，不是吗？到了农场后，我们就能待在暖和的屋子里，想吃什么就吃什么。你们还记得洛蒂姨妈是怎么把盘子摞起来的吗？谷仓里会有玛琳吃的干草。我们所有的麻烦都会过去的，你们等着瞧吧。"

一想到能喝到水，能吃上食物，我疼痛的双腿又灌入了新的力量。我大步走在前面积雪覆盖的道路上，先是听到了小溪的声音，然后便看到了它，一股奔腾的水流从山坡上滚落而下，注入一池明亮的水塘。我看到有些地方被冰覆盖了。水当然很冰冷，但我们一点也不介意。玛琳就站在水塘里和我们一起喝水，她把鼻子在水里晃来晃去，就像我们一样，享受着每一刻。

在这里，我们第一次可以暂时忘记所发生的一切。但当我们再次穿过森林时，我们很快陷入了沉默和思考。我想我们谁也不会忘记身后留下的那座燃烧的城市，以及在那次远足中所目睹的苦难。我们还能闻到烟味——它似乎依附在我们周围的树木上，像黄色的薄雾一样在我们周围飘动。

卡尔利现在有些喘不过气来，跌跌撞撞的情况越来越多，气喘吁吁，咳嗽不止。我们越来越为他担心。我跟卡尔利说我来背他，妈妈也说了，但卡尔利不同意。他坚持要和玛琳待在一起，陪着她走，牵着她的鼻子。我们无法跟他争论。但是现在我和妈妈肩并肩走在他的身后，可以看到他的哮喘越来越严重。

是我想到了那个主意，这么多年过去了，我仍然为这个主意感到自豪。"妈妈，我小的时候，在战争爆发之前，"我说，"我在动物园里骑过大象，不是吗？是你带我去的，还记得吗？那时你还没在那里工作。那么卡尔利也能骑在玛琳身上，不是吗？为什么不可以呢？"

　　"我也想到了，但没有用，"妈妈回答说，"只有年长的大象才被用来骑乘，而且它们必须经过适当的训练。再说了，玛琳还太小。她从出生起还从来没让人骑过呢。我不知道她会不会接受。"

　　"那更值得一试了，妈妈，"我争辩道，"卡尔利不能像这样继续走下去了。"

　　"也许你说得对。玛琳的基因里携带了这个能力，这是肯定的。"妈妈承认，"我的意思是，她的妈妈在动物园里载过游客好多年，直到她生病为止。"

　　过了一会儿——你可以想象，我们并没有和卡尔利争论——我们把卡尔利扶上象背，让他骑在玛琳的脖子上。这似乎丝毫没有使玛琳感到不安，妈妈和我十分宽慰。她只是轻轻拍打着耳朵，心满意足地哼哼着。现在卡尔利骑着大象——当然，他非常高兴——他的哮喘症状很快就减轻了。至于玛琳，她在雪地里步履沉重地走着，就好像生来就会载客一样。

不知怎的，我在小溪里喝的水既解了渴，又充了饥。当夜幕降临在我们周围时，使我感到烦恼的不再是饥饿，而是寒冷。这时，我的手脚已经完全失去了知觉，一阵酷寒似乎渗透了全身，使我感到冰冷彻骨。我一次次地求妈妈停下来不要走了。我唯一想做的就是蜷缩在雪地里，永远地睡下去。那晚只有妈妈让我不停地向前走。她一次又一次地搂着我，帮助我，不时地低声说些鼓励的话。"伊丽莎白，你每前进一步，就离农场近一步，离食物和温暖的床更近一步。"她说，"只要记住一点，就是轮流把一只脚放在另一只脚的前面。这就是你所要做的一切，我们会到达那里的。"

老实说，对于那个漫长而可怕的夜晚中发生的其他事情，我已经记不太清楚了。我只知道，我们似乎在某一刻走出了树林，来到了开阔的山坡上。在这里，我们再次听到了非常害怕的那种声音——防空警报，远处的隆隆声，然后是飞近的轰炸机的轰鸣声。它们很快就越过了我们的头顶。

"他们还在轰炸什么？"妈妈叫道，"难道他们看不出已经没有城市可以轰炸了吗？他们能轰炸的只有火了。"

我们站在荒凉的山坡上，目不转睛地看着正在城市上空升起的巨大火球。没有言语可以表达我们的恐惧，没有眼泪可以哭诉我们的悲伤。甚至卡尔利也没有更多的问题要问了。我们离城市已有一段距离，但是当我看着那些火焰时，仿佛还能感觉到大火在我的脸上灼烧。我感到一阵寒意袭上心头，其中也有因侥幸逃生而产生的战栗。

但我立刻感到了内疚。我在想这是一件多么可怕的事情，当我沐浴在热浪中时，肯定还有成千上万的人被困在城里，其中有些是我学校里的朋友。我想到他们在下面的避难所里，不知道他们当中是否有人能在这样的浩劫中幸存下来。妈妈将我的头扭过去。
"这是我们最后一次向后看，伊丽莎白，"她说，"从
现在开始，我们只向前看。"于是我们离开了这座燃
烧着的城市，继续向前走去。

那天晚上还有一件事我记得很清楚，我很不好意
思告诉你们。但我还是要说出来，因为我想让你们知
道真切发生的事实，而不是简单地按照我希望的那样
讲故事。那晚，无论我多少次求妈妈停下来让我们休
息一下，妈妈都不听。她越拒绝，我就变得越难缠。
最后她失去了耐心，转向我。"你想怎么样，伊丽莎
白？"她喊道，"你想让我们冻死在外面吗？是吗？
农场离这儿只有几个小时的路程了，十二公里，也许
更短。现在控制一下你自己的情绪，继续走吧。"

我也对她很生气，几乎歇斯底里地说了各种我
不该说的话，说爸爸离开我们，说父母总是毁掉孩子
们的生活。她把我抱在怀里，承受着我发泄出来的愤

怒，告诉我爸爸有多爱我，她也爱我，告诉我我们必须活下来，才能在爸爸回家时陪在他身边。我记得当时卡尔利从象背上俯视着我们，不知所措。

随着炸弹落下，德累斯顿被摧毁了。我们向外逃命，走啊走，没有力气再争论了，甚至没有力气再说话了。第二天早晨，那是一个灰粉色的黎明，雪渐渐变轻变软，我们从山上来到山谷，一个我们熟悉和喜爱的山谷。在我们下面，我们可以看到曼弗雷德叔叔和洛蒂姨妈住的农场，那熟悉的农舍周围都是仓房和棚屋，农舍后面是已经结了冰的湖，中间是我们的岛。我们在夜里经历了那样的绝望和悲伤，在早晨却发现了这样的欣喜与欢乐。

玛琳明显地加快了脚步，我们也跟在后面。她知道我们就快到了，我想这并不奇怪，因为卡尔利在她背上大喊大叫，挥舞着手臂，而我和妈妈也松了一口气，大声笑了出来。我从远处注意到农场外面似乎没有什么动物，但我知道这也很正常。以前，我们在冬天经常去那里，有几次是为了过圣诞节。我记得曼弗雷德叔叔总是在冬天最冷的几个月里把动物关在农舍里。尽管如此，这个地方看上去还是带点奇怪的荒芜感。

妈妈准确地说出了我的想法。"我觉得有点不对劲。"她说，"不管是冬天还是夏天，洛蒂姨妈的炉子总是生着火，我知道她有这个习惯。但现在，烟囱里没有烟冒出来。"

当我们穿过白雪覆盖的田野，经过结冰的湖泊

时，成群的乌鸦飞了起来。它们大多来自岛上的白杨树上，朝我们哇哇叫，对我们的闯入感到愤怒。它们是唯一有生命迹象的东西。我跑在其他人前面，打开了农场的院门。雪堆积在房子的前门上。院子里没有脚印，一个也没有。我迅速扫视了一圈，发现所有的棚屋都是空的。托米不在马厩里，鸡舍里也没有鸡叫。妈妈敲了敲门，喊了几声，但没有人回答，也没有人出来。

我离开了他们，绕着农舍的后面朝干草棚走去。

我和卡尔利以前经常在那里玩耍，从草堆的顶部跳到底部，跳进一堆堆柔软甜美的干草中。我一边回想着，一边打开了谷仓的门。里面很黑，所以我把门大开，让光线照进来。

一个男人直挺挺地躺在干草里，穿着军装，那是一套陌生的蓝色制服。他看上去像睡着了，或者是死

了——我不确定。妈妈突然出现在我身边，卡尔利也跟过来了，玛琳也随之进来，她毫不犹豫地用鼻子把干草拽出来塞进嘴里，咀嚼的声音在一片寂静中非常

响亮。"他是谁?"卡尔利低声问道。

"他是我们的敌人,卡尔利,"妈妈说,"一个飞行员。一个开着轰炸机摧毁我们城市的飞行员。他是英国人,属于英国皇家空军[1]。"她伸手拿起附近的干草叉,双手紧紧地握着,慢慢地向他走去。

---

1. 英国皇家空军(RAF)为世界上第一支编成独立军种的空军,创设于1918年4月1日。自创设以来,英国皇家空军在英国军事史上扮演了重要角色,尤其是在"二战"中的不列颠战役。

第三章

求生

Part Three
Ring of Steel

1.

初遇彼得

莉齐没有继续说下去，她转过身看着我们。"我很生自己的气。我本想带上那本相册的，"她说，"但他们把我带到这里的时候，我把它落在小公寓里了。我很想念它。你们知道吗，我以前几乎每天都看。我本可以给你们看看的，里面有一张是我们都在农场时的照片，那时候我还是个小女孩，而卡尔利更小，还只是爸爸怀里的宝宝——那是一段快乐的时光。我喜欢那张照片，拍的时候我们都在同一个干草棚外，我坐在托米身上，妈妈牵着他，我留着长长的辫子，咧

开嘴笑——当时我的两颗大门牙都掉了。一定是曼弗雷德叔叔拍的这张照片,因为里面没有他。洛蒂姨妈像往常一样,看上去很严肃。当看着那张照片时,所有一切我都记忆犹新,甚至可以呼吸到乡间的空气。我还有一张玛琳的照片,只有一张,但拍到的大部分是她的鼻子,因为当时她想吃掉相机!这就足够了。有时我担心所发生的一切可能是一场梦,或者可能整件事都是我编造的。但我只要看看那些照片就知道我没有,这些事确实发生过。我真希望把它们带来了,真希望能让你们看看。"

"如果你愿意,我们随时可以帮你去拿,"我说,"如果你信任我们,把钥匙交给我们,那就好了。"

"当然可以，亲爱的。"她回答说，"毕竟，我信任你，所以才给你讲我的故事，不是吗？你要知道，我从来没告诉过别人。这样就太好了，太好了。我公寓的钥匙在这里，在我的抽屉里，卡尔利。开门的时候，你也许得把钥匙在锁里稍微转动一下，但你应该没问题的。公寓嘛，很容易找到，就在从主街拐到乔治大道拐角处的第一幢房子。你上台阶后，二号房便是。"她一边说，一边伸手去摸床头柜，但没有力气拉开抽屉。所以卡尔帮她在抽屉里找了找，最后找到了一个钥匙链，上面挂着一个大象饰品。

"为了提醒我不要忘记。"她笑着说。这时她注意到抽屉里还有一样东西，眼睛突然亮了起来。"啊，卡尔利，这个我永远不会忘记，我到哪儿都带着它。你能把它递给我吗？这就是我想给你们看的东西。"

一开始我不知道这是什么，从卡尔把它递给她时困惑的表情来看，他也不清楚。那是一个小而圆的东西，金属材质，黑色的。
"很沉，也很凉。"卡尔
说，"这是什么呀？"这
时，我开始意识到我已
经认出这是什么了。

"指南针吗？"我说，"是指南针吗？"

莉齐爱惜地捧着它，好一会儿都说不出话来。

"你说得很对，亲爱的，"她终于回答道，"这是
一个指南针，能帮你找到路。但这不是普通的老式指
南针。我向你保证，它是世界上最好的指南针，因为
它为我的一生指明了道路。"她打开盒盖，用指尖碰
了碰盒盖的表面。"我第一次看到这个指南针就是那
天，"她继续说，"那天我们发现他躺在谷仓里……"

有时我想，也许我的生命有两个开端：一个当然
是我出生的那一刻，还有一个就是我看到这个人的那

一刻。我知道这个飞行员轰炸了我的城市，他是一个投弹手，一个刽子手，给那么多人带来了那么多的痛苦。正如妈妈所说，敌人就在眼前，近在咫尺，活生生的。

这类人中，他不是我见到的第一个。我曾好几次看到排成纵队的战俘在德累斯顿的大街上行进。说实话，我从来没有特别注意过。他们看起来很像我们的士兵，只是更脏、更颓丧。有些人会对他们大喊脏话，朝他们吐口水、扔东西，所以我会把目光移开，因为这让我感到羞愧。我从没想过人们会如此愤怒，如此仇恨。我无法想象是什么让他们做出这样的事。但那天早上，看着他躺在曼弗雷德叔叔谷仓的干草上，有那么一瞬间，我完全明白了，我恨他，希望他已经死了。然而，当他睁开眼睛看着我的时候，我立刻知道他和爸爸一样，并不是刽子手。

事后我常常想，当他醒来，看到我们四个低头盯着他时是什么感觉。当时，妈妈用干草叉对准他的胸口，玛琳高高地矗立在我们上方，鼻子伸向他。他在干草里坐起来，举起双手，双目圆睁，带着一丝惊恐。

"英国人？"妈妈说。她的声音在颤抖，我想这种颤抖更多是因为愤怒，而不仅仅是害怕。

"不……不，"他回答，"加拿大人，加拿大人，加拿大人。"

"投弹手？"这时，妈妈用干草叉抵住了他的喉咙，"英国皇家空军？"

男人点了点头。

"英国、美国、加拿大，不管你来自哪里。你知道你们做了什么吗？你知道吗？"这时，妈妈冲着他喊道，因愤怒而狂吼起来，"你看到你们带来的大火了吗？对此你们感到很骄傲是吗？你知道你们杀了多少人吗？你们在乎吗？你知不知道在你们来之前德累斯顿是个多么美丽的城市啊？你知不知道？我应该杀了你，现在就杀了你。"

妈妈举起了干草叉。我真的以为她会杀死他。

我抓住她的胳膊，紧紧地握着。"你不能这样做，妈妈！"我喊道，"你不能！我听你说过多少次了，爸爸、我，曼弗雷德叔叔和洛蒂姨妈。无论如何，所有的杀戮都是错误的。你一直是这么跟我们说的，还记得吗？"

过了好长时间，妈妈才缓缓放下干草叉。她退后一步，把它递给了我。"也许我做不到，"她说，"但我想这么做。这就是你的炸弹所带来的，炸出了仇恨。我想此刻你是我这辈子最恨的一个人。"

"我不怪你。"令我们惊讶的是，这名飞行员对妈妈说的话几乎是纯正的德语，"我从飞机上看到了大火，真的难以置信。我没想到会是这样，整个城市会被烧成那样。我们都没有想到。"

"哦，是吗?"妈妈说,"那你告诉我,你觉得应该是什么样子的,像一场狂欢节,或者是一场烟花表演?"

"我们以为会像伦敦的闪电战一样,就是德国空军来袭的那次。"这名飞行员轻声回答,根本没有回应妈妈的愤怒,"我当时也在那里,那已经够可怕的了。但昨晚看起来更像是地狱之火。这就是我们在这场战争中所做的,无论属于哪个阵营,我们所有人共同在地球上制造了一个地狱,而且我们似乎不知道怎么停下来。我很抱歉,我知道这不足以弥补什么,但我只能言尽于此了。"

有一段时间没人说话,直到卡尔利开口,打破了我们之间的沉默。"你真的会开喷火战斗机[1]吗?"他问道。

---

1. 喷火战斗机是英国在"二战"中最重要也最具代表性的战斗机之一。

"不会，我恐怕只会开兰开斯特式[1]，不过我也没开过，因为我不是飞行员，我是领航员。"记忆中，当时他微笑的时候，我觉得他看起来更像个男孩而不像个大人。

"你一路领航飞到德累斯顿，这样你们就可以把炸弹扔到成千上万无辜的人身上了。"妈妈说，"哦，为你喝彩！像你这样的人晚上怎么睡得着？这就是我想知道的。"妈妈环顾四周，突然紧张起来，"其他人呢？你的同伙在哪里？就你一个人？"

"都死了，"飞行员回答，"我们在城市上空遭到了高射炮的袭击。后来飞机上的人都死了，除了金波——他是飞行员——和我。当时，金波叫我马上跳伞，赶快跳下去。他说他会尽量稳住飞机，然后跟上我。但是他永远没机会了，我跳伞降落时看到飞机爆

1. 兰开斯特轰炸机是"二战"期间英国重要的战略轰炸机之一，担负对德国城市的夜间轰炸任务。

炸了，他救了我的命。说起来也很有意思，你们知道吗，我和金波，我们的关系并不好。他比较爱开玩笑，以为这只是一场大型游戏——我是说战争。我们之间经常发生争吵，但他终究是个好伙伴，不是吗？他们都是好战友，现在也都走了。"

"你不要以为我会为他们感到难过。"妈妈说，她不再像之前那样语带威胁了，但仍然在生他的气，"他们做了那些事，你也做了那些事。不过，你怎么会说德语呢？"

"我妈妈是瑞士人，"飞行员告诉她，"我爸爸是加拿大人。所以我从小就会讲德语和英语。"

卡尔利对这些一点也不关心，他满脑子都是自己的问题。妈妈一直试图阻止他和飞行员说话，但卡尔利不理她。他想知道这个人的名字。

"彼得，"飞行员说，"彼得·卡姆。"

卡尔利想知道他多大了。

"二十一。"飞行员回答。

然后卡尔利主动替所有人做了自我介绍。"我叫卡尔利，今年九岁。这只大象叫玛琳，她来自德累斯顿的动物园，今年四岁了，我是唯一被允许骑在她身上的人。这位是伊丽莎白，她十六岁了，老是对我指手画脚。妈妈是……好吧，她是我的妈妈。我饿了。彼得，你饿吗？"

妈妈抓住他的胳膊把他拖走了。但卡尔利还是忍不住看着那个年轻人，事实上，我也在看。我想我一定是一直盯着他看，什么也没做。现在他有了名字，我发现我不再那么频繁地盯着制服看了，他站起来的时候比我想象的要高很多。

妈妈又拿起干草叉，把他从谷仓门领了出去。我们就把玛琳关在那儿，她正忙着吃干草，高兴地咕咕叫着。

打破一扇窗户进入农舍并不难。妈妈说她很抱歉不得不这么做，实属无奈。因为我们确实不能再站在雪地里干等了。她说等曼弗雷德叔叔和洛蒂姨妈回来后，她会向他们解释这一切，他们会理解的。我却不敢肯定他们是否真的会理解。炉子已经灭了，但还有余温，所以我们想他们可能出去没多久。屋里一片狼藉，他们好像是匆忙离开的。我们越环顾四周，就越确信，他们和其他许多人一样，已经带着所能带的东西离开了，加入了向西的逃难队伍。

幸运的是，曼弗雷德叔叔和洛蒂姨妈走的时候肯定是太匆忙了，没来得及把食物都带走。还有几盘奶酪——曼弗雷德叔叔总是亲自做这个。另外，我们找到了一些装在罐子里的水果，还有泡菜和一些蜂蜜。但最妙的是，妈妈在地窖里发现了一整只火腿。我把炉子里的火生起来，卡尔利则把木头从小屋里搬了出来。其间，飞行员一直坐在餐桌旁，妈妈用可怕的眼神盯着他，不准他移动。我注意到，她走到家里的任何地方都随身带着干草叉。

当彼得提出帮我生火时，妈妈对他厉声斥责，叫他坐在原地，不要出声。卡尔利和我也收到严格的指令，不能跟他说话，甚至当我们坐下来与他一起在餐桌旁吃东西时，也不能说话。但这并不能阻止我们在他吃饭的时候不时地偷偷看他，显然，和我们一样，他也饿坏了，狼吞虎咽。于是我们都默默地吃着饭，一句话也没说——直到妈妈离开厨房，告诉我们她要去谷仓里看看玛琳。在她出去之前，她把干草叉递给我，告诉我如果有必要的话可以用。

我就是这样的性格，讨厌人与人之间的沉默。所以我很想趁妈妈不在的时候跟彼得说点什么，但我太害羞了，而且无论如何我也想不出说些什么。

卡尔利从不害羞，也从不退缩。我还没反应过来，他已经从桌子上下来，用从窗台上找到的两个大冷杉果开始玩杂耍了。

"你会这么玩吗?"他喊道。

"我的小弟弟喜欢玩杂耍,"我向彼得解释,"他喜欢扮演小丑,我觉得他有点像个演员。"

"看得出来。"彼得说,"他让我想起了我小时候。那时我在加拿大,回家后就经常玩这些。我的意思是说,玩表演的游戏,这是我一直想做的事,就像我的母亲和父亲一样,登台表演。然而,我在多伦多刚刚

开始工作，这一切就发生了。不管怎样，战争很快就会结束的，等结束了，我马上就回去。我已经等不及了。"

我喜欢听他讲话。他充满了精神，那么地坚定。事实上，我很愿意做他的伙伴，尽管我知道自己当然不应该这样。问题是，你们也猜到了，我能看出他喜欢和我在一起，跟我说话并看着我。我想，也许这就是我和他在一起立刻感到那么自在的原因。当你年轻的时候，你第一次发现有人这样喜欢你，这是一种力量，一种非常强大的力量。

但是卡尔利很快又用他那拙劣的戏法吸引了彼得的注意力。现在变成了四个冷杉果，看得出他越来越有雄心。几分钟后，妈妈再次回来时，发现彼得和卡尔利正盘腿坐在火炉前的地板上，忘情地聊天。彼得手里拿着一样东西，正把它拿给卡尔利看，卡尔利被它迷住了。我听不太清楚他们在说什么，或者说他们在玩什么，因为我已经在水池边忙着，没怎么注意。妈妈冲卡尔利大喊，让他立刻站起来回到她身边。

"你看，妈妈！"卡尔利说，完全不理会她的想法，"彼得有一个指南针。他说这就像魔术一样。他在跟我说关于指南针的事。你知道吗，他只要把它指向正确的方向，它就会带他回家。"

"他不会回家的，卡尔利。"妈妈说着，抓住卡尔利的胳膊，把他拉了起来，"我告诉过你不要跟他说话，没听到吗？"

"是我的错，"那名飞行员举起双手说，"对不起……"

"你总说对不起，"妈妈尖刻地继续说，"你很会说对不起。好啊，你可以到战俘营里去说对不起。我很快就会把你交给阿勃韦尔[1]，交给警察。他们现在一

---

1. 德国军事情报机构。

定在四处搜寻你。他们一定看到降落伞落下来了，迟早会来找你，到时我就告发你。这期间，你不能再来讨好我的孩子们，不能跟他们说话，他们也不会跟你说话，你听到了吗？如果你想逃跑，要么冻死在外面，要么就会被阿勃韦尔的人抓住。不管怎样，你都回不了家了。"她伸手去拿指南针，"把指南针给我，我要拿走，没有它你回不了家，你哪儿也去不了。"

彼得过了好一会儿才站起来，一句话也没说。他比妈妈高得多，低头看了看她，合上指南针的盖子递了过去。

2.

拯救弟弟

记忆中，我当时站在洛蒂姨妈的厨房里，看着这一幕，感到非常困惑。我不明白妈妈怎么会变成这样。在我看来，这太虚伪了。她一辈子都自称是狂热的和平主义者，一直公开反对战争——毕竟，我们的家因此而产生了巨大的裂痕——而现在，她却对身穿可能是我们敌人制服的一个人充满了无情的愤怒、仇恨、报复，而这个人正尝试尽其所能表现出善良、温和、乐于助人。我想告诉她我当时对她的看法，但我觉得我不能在彼得面前这么做。现在不是时候。

　　还有一件事让我更加不安，那是一种我正体会着但却不应该去体会的情感，我无法倾诉，尤其是对妈妈，当然也不能对卡尔利说。我不能告诉任何人，因为这太不可思议了，没有人会理解。我心里一片混乱，不得不离开屋子跑出去，穿过院子，去和玛琳待在一起。我坐在草堆里，看着她不停地咀嚼，告诉了她我不敢告诉任何人的这件不可思议的事情。

　　多年后的今天，当我说起这件事时，听起来我就像一个愚蠢而浪漫的女孩，当然，那正是当时的我。我坐在那里，大声说出了自己的心声，我告诉一头大象，如果大象能听懂的话，我想说，我喜欢这个男人——这个飞行员，这个敌人，这个认识了还不到二十四小时的人——我知道我至死都会喜欢他。我明白这听起来很荒唐，但这就是我的感受。当你十六岁时，你的情感会变得迅捷、猛烈、笃定。

　　"这有多罪恶啊，玛琳？"我说，"爱一个本是我敌人的人，一个刚刚轰炸了我的城市，杀害了我的朋友的人，这该有多罪恶啊？该有多罪恶啊？"我抬头看见玛琳的眼睛里泪水汪汪。

作为回答，她轻轻地把耳朵向我伸来，身体深处发出哼声。只要她在倾听，明白了我的意思，不会审问我，这就足够了。那天我从玛琳那里收获了一些关于友谊的东西，而且我永远都不会忘记。要做一个真正的朋友，你必须善于倾听，那天我发现玛琳是最真诚的朋友。我在曼弗雷德叔叔的干草仓里待了一段时间，因为玛琳是这个世界上唯一知道我秘密的人，此刻我只想和她待在一起。我很难让自己回到屋子里去，恐怕只有寒冷才能驱使我回去。

我想，由于在雪地里走了很长一段路，我们已经筋疲力尽了，而且想暖和暖和身子，于是在傍晚时分，我们三个人都上了楼，睡在厨房楼上的大卧室里——洛蒂姨妈和曼弗雷德叔叔的房间。我们挤在一堆毯子下面，留彼得睡在楼下火炉边的椅子里。妈妈把一把椅子倒放过来靠在卧室门上。

"我不相信那个人。"她说。当时我太累了，没有去争辩什么。那天剩下的时间我们都在睡觉，后来又睡了整整一夜。

第二天早晨，当我下楼走进厨房时，彼得正坐在桌旁，他面前有一张打开的地图。他一看见我就笑了，立刻把我叫过去。"我想给你看样东西，伊丽莎白。我整晚都在想这件事。"他说，"你们是在向西走，远离苏联人，是吗？我看到了那些大路，到处都是难民，都在往西走。我也得去那里。所以，你们也要去我要去的地方。我想最近的盟军就在这里，在海德堡附近，那里应该有美国军队。他们在大约二百英里[1]外，也许更远，我还不确定。这是一段很长的路，

---

1. 英美制长度单位，1 英里 = 1.609 千米。——编者注

我只知道这么多。但是用我的指南针，我想我们可以做到。我不能走大路，因为穿着军装太危险了。我们可以穿越乡村，晚上赶路，白天蛰伏。我得走了，不能就这样等着被抓，你明白吗？"

妈妈在我身后说话了，我没有看见她进来。"我们哪儿也不去。"她冷冷地说。

"那我只好自己走了。"彼得对她说，"我得回家了，您肯定能理解吧？"

"我想，这样你就能回到德国，再给我们来点轰炸。"妈妈回答说。她耸了耸肩，从他身边向火炉走去。"你想走就走吧，我也不在乎了。我现在知道我阻止不了你。之前我真傻，以为我能，但我们要留在这里。"然后她转向我。"玛琳需要一些水，伊丽莎白，"她接着说，"你可以把她带到小溪里去。我昨天注意到小溪没有结冰，还在流淌……"

"我想说的是……我想说的是，"彼得打断她说，

"如果我们待在一起，如果我们互相帮助，我们的机会会更大。我可以用指南针指引你们去找美国军队，到时我们与他们相遇，我可以帮得上忙。"

"孩子们太累了，无法继续前进。"妈妈说，她固执地反对这件事，"再说，我们也不需要你的帮助。到目前为止，我们自救得还不错，我们要等几天，等雪停了再往前走。我们不需要你，也不想要你帮忙。"

我再也控制不住自己了，狠狠地顶撞了妈妈。我告诉她，她有点荒诞可笑，她明知道我们确实需要彼得的帮助。我怒气冲冲地走了出去，来到谷仓，领着玛琳到溪边喝水。她把长长的鼻子深深地埋进水里，享受着每一刻，一次又一次地吸满鼻子，然后再把水灌进喉咙。喝完水，她开始摇晃鼻子，还往我身上泼冰水，我一点也不喜欢。过了一会儿，我试图劝她离开，牵着她的鼻子，牵着她的耳朵，模仿卡尔利的咔嗒声，想让她动起来，我知道她会做出反应。但无论我做什么或说什么，都不能让她离开那条小溪。她走进小溪，完全不理会我。我告诉她，我浑身湿透了，很冷。我求她出来，但是她根本没有心思听我的话。就在那时，我听到了妈妈的尖叫，声音不是我最初认为的那样从房子里发出，而是从远处的湖边传过来的。

　　我丢下玛琳跑过去。这时，我也听到了卡尔利的尖叫。直到我穿过院子的大门，来到田野里，我才开

始明白发生了什么事。冰面上有个洞，大约在湖边和岛的中间。是卡尔利出事了，他掉进了冰窟窿。我所能看到的只有他黑黑的脑袋和挥舞的双手，他挣扎着要抓住东西，试图让自己浮在水面上。卡尔利不会游泳。妈妈在水边尖叫着，哭喊着，彼得也在她身边，用双臂紧紧抱住她。她在和他缠斗，挣扎着要挣脱。

"你必须待在这里，"他告诉她，"待在这里，没关系，我能把他救上来，交给我吧。"这时他看见了我，大声叫我去拿根绳子来。

我记得曼弗雷德叔叔把他所有的工具，挽具、链

条、绳子，所有的东西都放在托米马厩旁边的小棚里。当我找到一根绳子，拿着它跑回湖边时，我看到彼得已经在冰面上了。他跪在洞边，伸手去抓不断消失在水里的卡尔利。彼得设法抓住了他的一只手，紧抓不放。我试图阻止妈妈去冰面上，但我力气不够。她不可能只是旁观。当我们小心翼翼地越过冰面向他们走去时，我们紧紧地抱在一起，几乎无法保持平衡。

"够近了。"彼得喊道，"不要再靠近了。伊丽莎白，抓住绳子的一头，把另一头给我。"

我迅速地把绳子绕了个圈，在我的头上转了又转，然后尽我最大的努力扔出去，但没能成功，绳子离彼得太远了。我把它收回来，再次扔出去。这一次，它离彼得很近，彼得伸手抓住了它。他一直在和卡尔利说话，试图让他平静下来。他设法把绳子绕在卡尔利的胳膊下。"我抓牢他了！"他喊道，"现在拉,轻轻地拉。"

当妈妈和我拉紧绳子时,我们看到彼得抓住了卡尔利的后背,想把他拉出来。过了一会儿,卡尔利就柔软无力地躺在了冰面上。彼得把他拉起来,然后抱在怀里,跌跌撞撞地从我们身边溜了过去。卡尔利脸色苍白,毫无生气。妈妈跟在他们旁边跑着,一直叫着卡尔利,让他睁开眼睛。

一进屋,彼得就把卡尔利放在火炉前,和妈妈一起脱下他的湿衣服,使劲地给他搓身子,还给他盖上毯子。我所能做的就是站在那里看着,绝望地等待着我弟弟出现任何生命迹象。没有动静,没有呼吸,什么也没有。此刻,妈妈已经绝望得发狂,对着卡尔利哭泣,试图把他摇醒。彼得扶她站起来,转向我。

"照顾好你妈妈,好吗?"他说。于是我抱住她,紧紧地抱着她。我们所能做的就是带着恐惧和希望看着。彼得跪在卡尔利身边,双手平放在他的胸口上,进行按压，然后抬起他的下巴，深深地往嘴里吹气，然后继续按压，按压，按压。漫长的几分钟过去了，这是我生命中最长的几分钟，卡尔利仍然没有反应。他的嘴唇发青，四周一片寂静。我知道，这只能说明一切都已结束，继续下去没有意义了，现在没有什么办法能使他起死回生了。

但彼得没有放弃他，一刻也没有。他只是偶尔停下来把耳朵贴在卡尔利的胸口，听听他的呼吸。"加油，卡尔利！"他喊道，"加油！"然后继续按压，按压。

我转向妈妈，把头埋在她的肩膀上，我们俩都无法控制地痛哭。就在这时，我们听到了水的溅射声。我循声看去，看到卡尔利的眼睛睁开了，然后他开始咳嗽和哽咽，水从他的嘴里喷出来流到了厨房的地板上。他嘴里的水不停地溅射出来，最后终于喷完了，他躺在那儿喘着粗气，认出了我们，脸上露出了灿烂的笑容。

彼得靠在椅背上，双手捂着脸。我想当场就抱住他，紧紧地抱着他，永远不让他走。妈妈双膝跪着，用她的臂弯抱着卡尔利，亲吻着他的脸，而卡尔利已经足够强壮，想要把她推开——他从来不喜欢被妈妈、我或任何人那样亲吻。我跪在彼得面前，把他的手从脸上拿开。我看得出他也哭过。我知道在我们四目相遇的那一瞬间，他对我的感觉就像我对他的感觉一样。

"谢谢，"我用英语说，仍然握着他的手，"谢谢，谢谢。"在那个时候，我知道的英语差不多就这俩词了。当妈妈斥责卡尔利时，眼泪很快变成了笑声，随后她又变回那个恼怒的母亲。

"说，你到冰上干什么去了，卡尔利？"她喊道，"你在想什么？"

"我只是想去岛上，"卡尔利说，"看看爸爸为我们建的树屋。我快到的时候，冰破了。那不是我的错，是冰的错，它太薄了。"

我们发现，曼弗雷德叔叔的衣服对彼得来说有点小，裤子松垂在他的腰间，不过好歹这些衣服是干的，这就够了。他很快就坐回到炉子边，卡尔利仍然被毯子包裹着，坐在他身边。卡尔利告诉彼得我们在岛上的树屋的所有事情，包括我们两个如何假扮海盗，劫掠"金银岛"[1]——那是爸爸小时候最喜欢的书——卡尔利总是扮演朗·约翰·西尔弗，因为他比我更擅长一瘸一拐地走路，也更擅长表演嗜血的角色。

其间，妈妈一直在火炉边忙着做土豆汤。我注意到她安静下来了，似乎在沉思。从卡尔利获救后，她就没跟彼得说过一句话，甚至当彼得穿着曼弗雷德叔

1.《金银岛》是英国小说家罗伯特·路易斯·鲍尔弗·斯蒂文森最著名的小说之一，是一部有关海盗与藏宝的冒险小说。

叔的衣服和木屐下楼时也没说。卡尔利和我笑声不断，但妈妈看上去仍然面无表情。不过有个变化，就是她不再叫我们不要和他说话，干草叉也不见了。我们坐在桌旁，享受着热腾腾的土豆汤。卡尔利还在扮演朗·约翰·西尔弗。"哟嗬嗬！"每喝一口汤，他就会发出鹦鹉般的叫声。

彼得和我边喝汤边望着对方笑。我们不仅因卡尔利的滑稽动作而笑，也望着对方的眼睛微笑。

就在这时，敲门声响起，我瞬间意识到，警察来了，并从彼得的眼睛里看到了惊慌。除了警察，没人会那样敲门。

3.

团结求生

"我们可以进来吗?"

这并不是请求,而是要求。他们有三个人,是士兵,不是警察,手里拿着步枪,戴着头盔,穿着大衣,似乎把整个房间都占满了。

"你们住在这里?"其中一个士兵问。他们当中一个人在说话,另外两人在房间里走来走去,好像在找什么东西或什么人。

"这是我妹妹和她丈夫的房子,"妈妈说,"但他们离开了。我,我的女儿和两个儿子,我们现在住在这里。我丈夫上前线跟苏联人作战了。"

"我们在找一个跳伞者。有消息说有个降落伞落在离这儿不远的地方。敌人的一架兰开斯特轰炸机被击落，是英国人的，飞机在几公里外坠毁了。我们找到了残骸，有个浑蛋应该就在这附近。所以我们要搜查每一座房子，每一个农场。你们看见什么人了吗？"

"没别的人，"妈妈回答说，"这里只有我们。我们也是昨天才从德累斯顿过来的，逃出了那座城市。"

"已经没有城市了，"士兵说，"没有德累斯顿了，只有很多死人。你们想象不到死了多少人。浑蛋，浑蛋。我跟你们说，如果我们找到这个浑蛋，战俘营就太便宜他了。我们会先射他几枪，然后再盘问。"

有人在外面大喊。"中士，中士！快来，快来！"另一个年轻得多的士兵出现在门口，激动得气喘吁

吁，"你可能不会相信，中士，这里有一头大象，在外面，在谷仓里。"

"大象？"

"是的，中士。我们照您说的搜查了外屋，然后进了谷仓，它就在那里。"

"不是'它'，是'她'，她是头母象。"妈妈说，"她叫玛琳。我在德累斯顿的动物园工作，和大象待在一起。她是我们救下的唯一动物，其余的因轰炸而被射杀了。我把她带到家族农场来，因为没有别的地方可去。"

当其他人出去的时候，最小的那个士兵奉命留下来和我们待在一起，看管我们。卡尔利想说点什么，但妈妈迅速皱起眉头，把一根手指放在嘴唇上。墙上的钟在寂静中发出响亮的嘀嗒声。我忍受不了这种紧张。我在桌下寻摸着彼得的手，握住了他的手。我们听到士兵们穿过院子回来了，他们激动得声音洪亮。然后他们回到了厨房。

"这头大象，她不危险吗？"中士问。

妈妈摇了摇头。"我会照顾好她的，"她告诉他们，"自这头大象出生以来，我就对她很熟悉。我向你保证，她像小猫一样温顺。"

"你们没见过飞行员？也没见过跳伞者？"他接着问。

"没有，"妈妈冷酷地说，"如果我看到这个人，知道他在德累斯顿干了那样的事，我会亲手射杀了他。"

"你们的身份证件呢？"他问道，"我想看看你们的证件。"

"很抱歉，我们没带。证件都在德累斯顿，在家里。"妈妈耸耸肩说，"当时，我们在外面，在公园里，先是听到了空袭警报，接着是炸弹轰炸声。我们就只管逃命了。"

"那就说名字，"中士说着，掏出了他的笔记本，"我必须知道你们的名字。"

妈妈说出了我们的名字，我们所有人的名字，彼得是最后一个。

"你多大了？"中士问彼得。我从他的眼神中感觉到了怀疑，而且能从他的声音里听出来。

"二十一。"彼得答道。

"那你为什么不穿军装，不去参军呢？"

彼得犹豫了，是卡尔利替他回答了。"他和我一样有哮喘，"他说，"当他气喘吁吁的时候，他的哮喘病就会犯。学校里每个人都说，等我长大了，我不能当军人，我想当——"

"对，"妈妈打断他说，"我的儿子被免除了兵役，因为健康——哮喘。"

我不敢肯定中士是否相信他所听到的，我觉得他肯定会有更多的问题要问。但令人诧异的是，并没有。

我记得当中士行军礼时，卡尔利也还以纳粹礼[1]，那是我们在学校里都学过的僵硬的希特勒式敬礼，并带着极大的热情和信念说"希特勒万岁"。他演得很完美。然后士兵们都走了。当我听着他们最后的声音和笑声在外面飘走的时候，才觉察到我的心在嗓子眼上狂跳。他们离开的时候一直在谈论谷仓里的大象和

---

1. 纳粹礼，是 20 世纪 30 年代纳粹德国的一种敬礼方式。

德累斯顿的动物园。其中一个说，他小的时候在动物园里骑过大象。然后就什么也听不见了。

妈妈到窗口确认了下。"没事了，他们已经走了。"她低声说。

她走过来和我们一起在桌旁坐下，脸上毫无血色。有好一会儿，彼得和妈妈都没有说话，只是坐在那里，隔着餐桌望着对方。

妈妈深深地吸了一口气，说："彼得，你的汤还没喝完，要凉了，快喝，快喝。"然后她在口袋里摸了摸，掏出指南针，从桌子一端把它推给他，"我想，这是属于你的。"

"谢谢你。"彼得边拿边说，"谢谢你刚才所做的一切。"

"你和我，彼得，我们必须达成共识。"妈妈继续说，"从现在开始，不要再说'对不起'和'谢谢'了。木已成舟，过去的就让它过去吧。你现在是我们的家人，我们的一员了。我一直在想，你告诉伊丽莎白说我们应该团结一致互相帮助是对的。我们都想往西走，远离苏联人，远离轰炸。所以我们要一起走，像你说的那样，穿越这个国家。这样对我们大家都更安全。你那个指南针真的能指引我们找到美国人吗？"

彼得笑了。"是的，一直走就行了，只要我们能继续前行，只要我们足够幸运。但我也一直在想，现在我不确定团结在一起是不是一个好主意。我当时说这话的时候思虑不周全。如果他们发现我是谁，我是说，我们逃过一次，下次可能就没那么幸运了。如果他们发现我是谁，也会杀了你们的。你要明白这一点，不是吗？"

"谁会去告诉他们呢？"妈妈回答，"我不会告诉他们的，不是吗？伊丽莎白和卡尔利也不会。我说过了，我们现在是一家人了。你德语说得很好，穿上曼弗雷德叔叔的衣服也很像德国人。在卡尔利的帮助下我们骗过了他们一次，对吧？我们还可以再骗过他们的。"

"也许你是对的。我也希望如此。但是——我不想这么说——我认为还有另一个问题。大象，你们的玛琳。"我看得出彼得不太愿意继续说下去。"听着，如果我们带上她，一定会引起别人的注意，这样会更危险。我觉得我们应该把她留在这里。谷仓里有很多干草，我们可以装满很多桶水……"

"我们去哪里，玛琳就去哪里，"妈妈坚定地说，"她也是我们家的一员。那本书里怎么说的——《三个火枪手》[1]，不是吗？——'人人为我，我为人人'。"

1.《三个火枪手》是法国作家大仲马在 1844 年出版的小说，又译作《三剑客》。小说的背景设在 17 世纪，记录了年轻人达达尼昂离家前往巴黎，加入火枪队的故事。达达尼昂不是小说标题中的那三个火枪手，三个火枪手是他的朋友阿多斯、波尔多斯、阿拉密斯。达达尼昂提出了座右铭："人人为我，我为人人！"火枪手们都遵循这个原则。

我记得妈妈让我们手拉手围着桌子，这是另一个"家庭时刻"，就像我们在家乡时经常做的那样，就连卡尔利都知道不该打断这个家庭仪式。也许他和我一样努力祈祷。我祈祷爸爸能回家，祈祷我们能找到美国人，祈祷我们能活下去——祈祷彼得能像他当时那样紧紧握住我的手，永远不松开。最后，在这个"家庭时刻"已经持续了很长时间后，当然是卡尔利打破了沉默，结束了这一仪式。

"我们什么时候出发呢？"卡尔利问道，"还有多远？我想一路骑在玛琳身上。我可以的，不是吗，妈妈？我们要多久才能到那里？"

那天剩下的时间里，我们都在仔细研究彼得的地图，制订计划，计算出每天晚上我们能走多远。彼得认为我们可以每晚走八公里到十公里，这也取决于天气。如果我们保持这样的速度前行，而美国人以目前的行军速度继续推进，那么彼得计算出四五周我们就很可能有机会与他们相遇。我们把能找到的食物和能带的东西都打包好，穿上所需的保暖衣服。我们都带着满满的背包，每个背包上面绑着一条卷好的毯子。我们在农场吃了最后一顿饭，吃了剩下的土豆汤和一些奶酪，然后给曼弗雷德叔叔和洛蒂姨妈留了一张纸条，大家都签了名，感谢他们，并告诉他们我们要去哪里。

然后，我们走到洒满月光的农家院子里，把玛琳从谷仓里牵出来，雪在我们脚下嘎吱作响。我们不得不引诱玛琳离开她的干草，这并不容易，但卡尔利用几个诱人的土豆做到了。出了谷仓，彼得把卡尔利托举到玛琳的背上，我们在夜色中向西出发了。妈妈牵着玛琳的耳朵，卡尔利一直在咔嗒咔嗒地叫她快走。彼得和我一起走在前面，他手里拿着指南针。我们继续前行。

第四章

钟声

Part Four

Ring of Bells

1.

途中逸事

莉齐停了一会儿，举起一只手。"听，"她说着，凝视着窗外，"钟声，你们听到了吗？"直到那一刻我才听到。"我喜欢教堂的钟声，"她继续说，"每次听到钟声，我都会想到同样的事情，那就是还有希望，生活还会继续。知道吗，在德累斯顿，每年都会有炸弹袭击者到来的周年纪念日，人们会敲响城里所有教堂的钟。我回去过几次。当然，它不再是一座旧城，看到人们如何在灰烬中重建这座城市是一件令人惊叹的事情。当钟声响彻新城市时，我向你们保证，比窗外这个要响得多。但是这个听着很舒适，因为这个钟声很轻。"

然后她转向我们。"很抱歉我的故事花了这么长时间。外面已经天黑了，我知道我还在继续。也许你说得对，我应该改天再给你们讲剩下的部分，你们听我讲了这么久，真是太好了。"

"倾听，这是朋友应该做的，记得吗？"我说。

"你们避难成功了吗？"卡尔问道，"彼得被抓住了吗？后来发生了什么？我想知道后来发生了什么。"

"看到了吧？"我笑着说，"你不把故事讲完，我们哪儿也不去。我们就待在这儿，对吧，卡尔？"

莉齐拍了拍我的手。"你们俩都很善良，"她说，"我不会耽搁你们太久的，我保证。"她用指尖抚摸着指南针的玻璃表面，沉思了一会儿，然后继续讲她的故事。

　　如果没有这个指南针，没有彼得，我想我们不可能成功。他不让我们走大路是对的。要知道，我们最大的威胁不是寒冷和饥饿，而是人，那些怀疑我们的人，他们会问我们问题，会举报我们。在乡下的时候没有多少人，如果我们也加入了成千上万拥挤在道路上的人群行列，那将面临更大的危险——轰炸机和战斗机。我们后来遇到的一些难民向我们讲述了一切，飞机是如何低空飞过道路，进行轰炸和扫射的。

很多士兵和难民就这样死去，尸横遍野。

彼得和他的指南针使我们远离了这一切。

但我确信，也因为我们总是在夜间前行，我们才得以幸存。我记得，妈妈一直担心我们走得太慢。的确，我们经常能听到远处他们的隆隆炮声，看到爆炸

照亮了整个东方地平线上的夜空，而且似乎一直在向我们靠近。经过一夜的长途跋涉，妈妈一定和我们一样筋疲力尽，但她每天早上都不愿意停下来。她总觉得我们还能再坚持一会儿。

谢天谢地，每天一到黎明，彼得总能找到个地方让我们躲一天，那些地方至少又干燥又暖和，运气好的话，还能生上一堆火。这些避难所可能是某个偏远的谷仓，或者是牧羊人的小屋，或者是森林管理员的简棚——这都无所谓。在这段时间里，我们远离任何城镇和村庄，并尽可能远离山谷和树林，以免被人看见。我们很快就发现，在这段向西的长途跋涉中，我们不是唯一穿过乡间的人，也不是唯一选择避开走危险大路的人。

所以总有那么些时候，不管愿不愿意，我们会发现自己不得不和其他难民共用一个谷仓或棚屋，大多数也是像我们这样的家庭。但也有一两次是整队的士兵和我们挤在一起。起初，这种在同一个屋檐下避难的境况让人很尴尬。你知道，那时候人们互不信任。你永远都做不到相信他人，从一开始就不会。是玛琳和我们在一起打破了这种僵局，消除了猜疑。他们只需要看到玛琳，妈妈只需要告诉他们关于动物园的故事，以及我们如何在花园里照顾玛琳，很快他们就会讲述他们自己的故事了，他们会诉说自己是如何逃离轰炸和烈火的。我们都知道能活着已经很幸运了。奇怪的是，想想我们所经历的事情，笑声往往多于泪水，尽管我确实记得有许多难民坐在那里眼神放空，前后摇晃着，在痛苦中喃喃自语。

如果那里还有其他孩子，那么卡尔利就更喜欢那里了。他不仅有观众欣赏他的杂耍和所有的派对戏法，他还有玛琳可以炫耀。不知以什么方法，他教会了玛琳跪下来，听他的命令举起她的鼻子，孩子们就喜欢这样做。在这些观众面前，他总是声称对玛琳拥有绝对的所有权。他称她为"我的大象"或"我的玛琳"。他只是喜欢表演，而且的确很擅长。

卡尔利很自然地就成了彼得的弟弟——大多数情况下，我觉得是因为他真的喜欢有一个比自己大一点的哥哥，一个好伙伴。他会骄傲地告诉大家，他是家里唯一一个能够指挥大象的，他的哥哥做不到，他的姐姐当然也不行。他把小丑演得精彩极了，人们都会哈哈大笑。我发现，当我们一起欢笑了一段时间后，大家都开始感到彼此之间有了一种难民团结感，一种同志情谊，有时这种感觉还很强烈，我们不仅互诉家常，还互换吃的喝的。

但是，在妈妈的建议下，彼得还是独善其身，别人在场时，他不怎么说话，这样也好。我们了解他越多，就越注意到他确实有明显的异语口音。无论是加拿大人还是瑞士人，这都不重要。重要的是，他说话的方式不同，足以让别人注意到这一点，因为如果我们能注意到这一点，别人也可能注意到。

人们一次又一次地问妈妈，为什么她的儿子不像其他年轻人那样穿军装，去参军。妈妈一直坚持用卡尔利那天在警察面前编造的哮喘故事来应对。这是个很好的借口，因为她自然对所有的症状都很了解。我和卡尔利也很了解哮喘的症状，除了彼得自己。但在

妈妈的建议下，卡尔利让彼得知道得了哮喘后是一种
什么样的感觉。他甚至教彼得如何正确地咳嗽和喘
气。尽管如此，每次提起这个话题时，我还是很紧
张。我也很害怕，因为在经历了德累斯顿轰炸的恐怖
之后，我们遇到的每个人都对美国人和英国人充满了
愤怒和怨恨。在这之前，这种仇恨大多是留给苏联人
的。现在情况变了，人们对这些外来者都充满了敌
意。所以，如果彼得被发现了，他会有真正的危险。
我们也一样。

　　我们遇到的大多数难民和我们一样来自德累斯
顿，不过也有一些来自更东边的地方。尤其对这部分
人来说，苏联人制造的恐惧远远超过了美国人和英国
人带来的愤怒。随着苏联军队在德国境内的深入推
进，有许多关于苏联军队的可怕的故事。我过去不知
道，现在也不知道，什么是真的，什么是假的，但我
知道，我们的许多难民同胞都害怕苏联人。我只知道

战争中总是有暴行。我们还听说，苏联军队现在比我们想象得更近了，离德累斯顿只有几英里。因此，尽管盟军进行了轰炸，每个人都认为宁愿听凭美国人和英国人的摆布，也比等待苏联人来了要好。

彼得告诉我，每当我们发现自己和其他难民躲在一起时，他都会少露面，以避免引来可疑的目光和询问。有时他说他出去找吃的，或者经常借口出去照顾玛琳。只要有机会，我就会和他一起去，当然不是去看护玛琳，只是因为我想和他在一起。我们想尽一切办法待在一起，也想单独待在一起。我们俩会在外面的某个谷仓或棚子里花很长时间坐在玛琳旁边，看着她嚼干草或稻草，或其他任何我们找给她的吃的。有时候我们会在河岸上看着她用鼻子吸水给自己冲洗。

就在这段时间里，彼得开始给我讲他在加拿大多伦多的家，讲他在剧院里演过的角色，大部分是跑龙套的角色：一个拿长矛的人，一个仆人，一个警察，一个管家。他会告诉我在森林深处有一个小屋——他称为"小别墅"——在他童年的时候，他和他的爸爸妈妈经常去那里过周末，比如骑自行车、划独木舟、钓鲑鱼等，他们还在那里看到过驼鹿和黑熊。我给他讲了爸爸，讲了曼弗雷德叔叔和洛蒂姨妈，讲了我们在农场度过的所有美好时光，讲了导致家庭分裂的那次争吵。

但我们尽力不去谈论战争。我们俩都知道那是笼罩在我们头上的可怕阴影，它威胁着要把我们分开。我们都想在温暖的阳光下生活一段时间，远离这一切，共享回忆和希望。我们发现彼此有许多共同之处——骑自行车、划船、钓鱼。他告诉我，他是独生子，在这之前从来没有体验过大家庭的感觉。他知道他只是在扮演哥哥的角色，但他和我们在一起的时间越长，就越觉得自己是家里的一员，他很喜欢。

不管是说话还是沉默，我都感到和他在一起时的那种亲密感，这是我和其他人在一起时从未有过的感觉。

然而，那一刻还是来了。嗯，我想这迟早肯定会发生的，不是吗？有一天，卡尔利突然出现，吓了我们一跳。我记得我们当时正坐在河岸上，玛琳在我们头顶甩着她的长鼻。

"你们两个，你们在卿卿我我，是吗？"他说，眼睛里闪着调皮的光芒，"我懂。你们俩总是一起出来，我一直在观察你们。"

"不关你的事。"我厉声说，感到既愤怒又尴尬。但彼得处理得更好，他让卡尔利坐在我们中间，用胳膊搂着他。

"我们只是在聊天，卡尔利，互相了解一下。我是她哥哥，记得吗？也是你的哥哥。你和我，我们也聊天，不是吗？问题是，如果我想演好一个角色，我就得马上投入进去。所以你才告诉我你哮喘病发作的事,不是吗?我需要知道关于我这个新角色和新家庭的一切。我必须知道剧中每个人的背景故事。明白我的意思了吗?演员就是这么做的。你明白的,对吧,卡尔利?我是说,人们可能会问我一些问题,比如关于爸爸的,关于我们在德累斯顿住的地方,关于动物园,关于农场,关于曼弗雷德叔叔和洛蒂姨妈。我必须知道这些事,对吧?伊丽莎白,她只是在尽她所能地告诉我这些信息来帮助我。"

卡尔利听了似乎很高兴,但在那之后的很多次,我都能感觉到他在监视我们,这让我很担心。我当然不想让妈妈知道我对彼得的真实情感。不是因为她会怎么想,而是因为这是私事,非常私人的事,我想一直这样下去。

我们尽量节省从农场带来的食物,但最后还是一点也不剩了。从那以后,找东西吃就成了我们最大的问题。对玛琳来说还好，她只要用鼻子或脚把雪扫到一边，就能在雪下找到可以吃的东西。雪一停，玛琳就边走边擦着草地。她不停地找东西，用长鼻在前面搜寻。在跋涉的大部分时间里，我们都在山谷，所以总是有充足的水喝。有很多天，彼得给我们找了个干草棚躲在里面，玛琳可以在里面狼吞虎咽地吃上一整天。

但是食物越来越难找。可以说，是彼得再次救了我们的命。在空军服役时，他接受过一些陆上生活的训练——那些求生技能是他们所有人必须学会的，以防被击落。不管怎样，我们很幸运。后来彼得回到加拿大的家里，习惯了在野外寻找食物，如捡拾、捕鱼、狩猎。他一直都是这样做的，不过正如他所说，在此之前，捡拾还不包括偷窃。

每天清晨，我们都会在新的住所安顿下来，让自己和玛琳尽可能地舒适，然后彼得隔会儿就不见了。

大约一小时后，他会带着一些东西回来：也许是鸡舍里的鸡蛋，也许是从某人的食品柜里"解放"出来的香肠。有时是胡萝卜，甚至还有一两次是苹果。原来，在农村有许多房屋和农场闲置着，无人居住。许多人像曼弗雷德叔叔和洛蒂姨妈那样，弃房而逃。

彼得除了找食物，还四处搜寻。有一次，他带着一根钓竿回来了，从那以后，我们经常能在早餐时吃到烤鱼。但有时他带回来的东西很少：一些坚果和一些半腐烂的根菜。有几次他完全空手而归。那时候，身体里没有食物，即使生起一堆火，也很难保暖。

在我们漫长的跋涉中，饥饿的日子是最难熬的。我已经习惯了没完没了地步行。我甚至

习惯了起水泡，习惯了手和耳朵是冰冷的，习惯了双脚是麻木的。雪融化了，但寒冷从未消失。有时，当我觉得自己一步也走不动时，我能感觉到妈妈的手臂搂着我，她总是说同样的话："只要轮流把一只脚放在另一只脚的前面，伊丽莎白，我们就会到达那里。"这已经成了她的口头禅。当我精神极度低落时，我会一直对自己说这句话，尽我最大的努力去相信它。有那么多次，我差点就完全放弃了。

不过回想起来，玛琳如同妈妈的口头禅，也激励着我坚持下去。风吹雨打，泥泞霜冻，玛琳只是吃力地走着。她是我们的节奏器，我们一直跟着她。当我走到她身边的任何地方时，我都能听到她的身体深处发出那种轰隆隆的满足声。不知为什么，这总让我微笑，让我精神振奋。我们都羡慕她在移动中寻找食物的能力，她用鼻子嗅着枯叶，使劲拉扯仅有的一点点草。我们从她那无穷的耐心和毅力中得到极大的安慰和勇气。她现在对待我们大家，包括彼得在内，都非常亲切，好像我们是她的家人。我们也当然觉得她是我们的一部分。她总是用她柔软的鼻尖触摸我们，安慰我们，也许也安慰自己。如果说彼得是我们的向导和觅食者，妈妈是我们的动力，那么玛琳就是我们的精神鼓舞者。

　　有时，在黑暗的乡村里走了好几个小时，漫漫黑夜似乎没有尽头，大家又饿又冷又累，这时妈妈就会让我们唱歌。我们会唱她最爱的玛琳·黛德丽的歌，或者圣诞颂歌，或者我和卡尔利从小听着长大的童谣和民歌。彼得从他的瑞士母亲那里学会一些，所以也会一起唱。当然，卡尔利会唱得比我们都响，坐在玛琳的背上指挥着大家。这些时刻，当我们在夜晚一路歌唱时，我感到所有的恐惧都烟消云散了。我会突然觉得浑身轻飘飘的，心里充满了希望，相信一切都会好起来。我无法想象为什么一起唱歌就能做到这一点，但确实是这样。这样做不仅打发了时间，不知何故，它还鼓舞了我，给了我新的力量和继续前进的决心。我想对此我们所有人都感同身受。

我想我们在德国大概已经跋涉三周了，进度比彼得的预期要慢得多，因为小溪和河流阻碍了我们。我们可以轻松渡过小溪，因为玛琳可以一次带着我们两个人，她似乎也很乐意。但要过河，我们就得找到一座桥，一座没有守卫的桥，但许多桥有人把守。因此，每当我们要过一座桥时，彼得就得在前面侦察一下，看有没有哨兵。如果有，那就意味着我们要沿着河绕很长一段路，直到我们找到一座无人看守的桥。这使我们的行程更长，所以也就浪费了很多时间。

我们知道，无论谁看见我们或遇见我们，都可能对我们构成危险。但无论我们如何努力，还是无法完全避开他们。即使在晚上，我们也确实遇到一些人，有的是天黑后回家，有的是牧羊人在田野里放羊。我记得曾有一个农民，我们在篱笆后面突然遇到了他。他说他正试图帮助他的一头牛生产，他需要帮手。于是彼得立刻跪下，待在农夫身边帮忙。不久后，小牛活着出来了，脚还踢来踢去。农夫很高兴，使劲地握着我们所有人的手。之后，他才注意到玛琳。妈妈跟他讲了我们的故事，他似乎很高兴遇到我们。我们在他的谷仓里度过了一晚，他妻子给我们带来了一些热汤。他们什么也不问，只是不断地带着越来越多的家人来看玛琳。正如彼得所想的那样，玛琳非但没有给我们招致不欢迎，反而成了我们的护身符。她似乎把别人的注意力从我们身上转移开了，尤其是从彼得身上转移开了，这当然正是我们所希望的。

　　白天，我们躲在棚子或谷仓里，挤在一起，听见或看见战斗机在头顶低空飞行，但我们很安全，总是躲在侦察视线之外。我们也昼夜听到头顶上轰炸机的轰鸣声，但就像那些战斗机一样，当它们从我们头顶飞过后，就把安静留给我们了。如果不是苏联大炮在远处轰鸣，我们几乎忘记了正在进行着的战争。越深入农村，周边就越安静，我们也会越感到安全。有些白天和夜晚是那么寂静无声，有时我真觉得好像战争已经结束了，而我们只是没有得到消息而已。

我记得卡尔利很快就病了。

　　他从来都不是一个强壮的孩子，现在因哮喘而变得更加虚弱。一天晚上，他开始咳嗽，咳个不停。妈妈用毯子把他裹了起来，那天晚上的大部分时间，他像往常一样骑在玛琳身上，但过了一段时间，他显然已经没有力气待在上面了，他随时都可能摔下来。虽

然他极不情愿，但妈妈还是劝说他下来，抱着他走剩下的路。

彼得和我在前面侦察，急切地寻找一个藏身之处——任何地方都可以，只要能让卡尔利远离寒冷。当然，因为停电了，所有房子里都没有亮光。幸亏这是一个有月光照耀的夜晚，所以我隐约看到远处有一座巨大建筑物的黑影，一条蜿蜒的林荫道，穿过田野向它延展过去。从他的咳嗽声和喘息声中，我们知道卡尔利的病情一直在恶化。他需要的不仅仅是一个过夜的地方，他还需要一个医生。现在，我们别无选择。我们知道这很冒险，但我们还是沿着砾石路径直走过去，使劲敲着那扇巨大的前门。敲了好一会儿也没有人来，彼得开始想，这所房子是不是也像许多其他房子一样被遗弃了。就在这时，门开了。我们看见了灯笼的光，拿着它的是一个穿着睡衣戴着睡帽的老人。

他看上去一点也不友好。

2.

伯爵夫人

"现在是半夜，"老人咆哮道，"你们想干什么？"

"对不起，我们需要医生。"妈妈告诉他，"我儿子病得很重。求求你了。"

这时，房子里面传来了另一个声音，一个女人的声音。"谁呀，汉斯？有很多人吗？让他们进来。"

门开得大了一点，我们看见一位穿着睡衣的女士从一个巨大而宽阔的楼梯上下来，然后穿过走廊向我们匆匆走来。

"她说需要医生，伯爵夫人。"老人说，他们一起在灯光的照射下盯着我们看。

"我们来自德累斯顿。"妈妈告诉他们。

"我是出现幻觉了吗？"那位女士问，"那是头大象？"

"这个我以后会解释的，"妈妈回答说，"现在我儿子病了，病得很严重，我必须找个医生。求求你了，人命关天啊。"

女士没有犹豫。她拉着妈妈的胳膊，把她带进走廊。"进来，进来，"她说，"我马上派人去请村里的医生来。汉斯，你在马厩里给这头大象找个地方。"

那天晚上，我不知道这些人是谁，也顾不上去了解。我只知道我们应该尽快为卡尔利找到医生，好在我们也为他找到了一个住处，这才是最重要的。这个地方也很暖和，甚至能闻到食物的味道，但我没有马上进去。妈妈让我照顾玛琳，确保她吃点东西喝点东西。于是，那个戴睡帽的老人领着我——他一直在生气地自言自语——绕着房子的一侧，穿过一个大拱门，进了一个马厩院子。我确保玛琳所需要的一切都有了，有干草，有水，然后就留给她去吃。她似乎很高兴，至少要比院子对面的那几匹马高兴，那几匹马一看到这个陌生的闯入者就变得越来越不安了。

在我们返回屋子的时候——对我来说这个地方似乎很大，不像房子而更像一座城堡——汉斯还在抱怨，不过不再只是自言自语，而是对着我抱怨。他说他今晚再也睡不好了，更糟糕的是，伯爵夫人还接纳了这么多不认识的人，而且现在她把马厩院子变成了一个动物园。他抱怨说，这太过分了，太过分了。

直到他领我回到屋里，上了大楼梯，我才明白他在抱怨什么。我看到的每一个地方，每一厘米的空间，都被占满了。走廊上，楼梯平台上，还有每个房间里，都躺着熟睡的人。那些没有睡着的，坐在装满稻草的麻袋上，在我经过时茫然地看着我。我看到每个人脸上都流露出困惑。汉斯带我上了房顶，到了阁楼，我看见卡尔利平躺在火边的床垫上，妈妈跪在他旁边，为他擦洗着额头。彼得正忙着往火里添柴。

"他发烧了，伊丽莎白，"妈妈说着，抬头看着我，眼里充满了泪水，"他正在发烧。医生在哪儿呢？在哪儿？"

那天晚上，卡尔利躺在那里辗转反侧，有时神志不清，我们三个轮流给他降温。我们没有一个人睡觉，只是坐在那里看着他，希望高烧能退去，希望医生能来。医生终于来了，那位女士和他一起，身着一身相当华丽的黑衣。医生给卡尔利做了检查，说无论如何都要给他保暖，而且我们给他喝的水越多越好。医生给卡尔利开了一些药交给我们，并嘱咐，在他完全康复之前，无论如何都不能出门，不能远行。

医生走后，那位穿黑衣的女士才自我介绍。"大家都叫我伯爵夫人，"她说，很正式地同我们每个人握手，"我们这儿不太在乎名字——这样比较安全。我想房子里现在有大约七十名难民——各种各样的人，大多数从东边而来，在这里休息几天。每个人都是过客，似乎整个世界都在逃离。这里有士兵，有的正休假离队回家，有的将要回到前线兵团，毫无疑问，也有一些逃兵，也有一些流浪者。我什么也不问。这里每天中午供应一餐热饭，晚上喝汤吃面包。虽然不多，但恐怕已经是我们力所能及的全部了。大家都知道，现在各地的食物越来越少。你们想住多久就住多久，当然可以一直住到小男孩好些为止，但我建议你们在那之后就别住太久了。苏联人现在离我们不远了，也许只有几周的路程，不会太远了。大家都说，美国人更接近，但谁知道谁会先到呢？"

妈妈从心底感谢她对我们的所有帮助。

"我已经说过，我什么也不问，"伯爵夫人微笑着继续说下去，"但我必须承认，我对那头大象很好奇。"

妈妈给她讲了在动物园里工作的事，讲了爸爸正在苏联打仗的事，讲了我们带着玛琳从德累斯顿逃出来的事，伯爵夫人专心地听着。

然后她说："我也有过一个丈夫在军队里，但他现在死了。和你一样，我也有个儿子。和你丈夫一样，他在东部和苏联人作战。也许他们彼此认识，谁知道呢？"现在她直视着彼得，"我想我儿子跟你差不多大，"她说，"他有一双棕色的眼睛，像你的一样深凹。我最大的愿望就是能再见到他，活得好好的。我们只能寄希望于此。"

我们在伯爵夫人那里住了几天，卡尔利花了三四天才恢复过来。彼得把指南针交给他保管，这让卡尔利非常高兴，他睡觉的时候就把它攥在手里。我记得他有一次告诉彼得，这比任何泰迪熊玩具都好。后来，当他又恢复了一些时，他说，他确信最后使他好转的是彼得的指南针，而不是医生的药。

妈妈不想冒险再次跋涉，直到确定卡尔利已经康复得足够好。问题是我们待得越久越舒服，就越不想离开。中午，我们会和其他难民一起坐在大餐厅里，吃着美味的热的食物。是伯爵夫人在我们之间创造了一种伟大的友谊。她让我们每个人都感到宾至如归，她对每个人都不厌其烦，很慷慨，很体贴。有一天，卡尔利告诉伯爵夫人自己擅长杂耍，于是她给了他两个网球。她说，如果他能心情愉悦，将有助于他康复得更好。

正如伯爵夫人告诉我们的那样，这里熙来攘往，各色人等纷至沓来，每个人都有自己的故事要讲，有时还会唱上一首歌。大约有二十名学生比我们晚来了一天左右。这些孩子是我们最了解的，当然这要归因于玛琳和卡尔利。卡尔利告诉他们——当然他第一时间就会这样做——我们家后面的花园里有一头大象，这次出门还带着她，她现在就生活在马厩院子里。他这么一说，我们就不能阻止他们去看了。

随着卡尔利的身体日渐好转，不可能把他长时间关在室内。妈妈想让他躺在阁楼的床垫上，但他永远都不见踪影。当然，我们总是知道去哪里找他。他会和玛琳待在下面，他们俩都被一大群崇拜者包围着。孩子们完全被大象吸引住了，他们也喜欢看卡尔利玩杂耍。但他们最喜欢的是看卡尔利骑在玛琳的脖子上表演杂耍！卡尔利就是这样。然而这无意中让我们陷入了极大的危险之中。

一天下午，我和彼得、妈妈一起来到马厩院子里，来找再次不见踪影的卡尔利。我们看到他正坐在玛琳身上玩杂耍。有一大群人围着他——伯爵夫人的男仆汉斯也在，还有四五十名难民伙伴，还有学校的孩子们——卡尔利比平时更加炫耀了。他一边耍把戏，一边向大家讲述他是如何骑着玛琳从德累斯顿一路走来的。我永远也不知道他为什么要那样做，因为接下来，他突然停止了杂耍，把手伸进口袋，举起了指南针。"你们知道这是什么吗？"他骄傲地说，"这是我哥哥彼得的魔法指南针。他跟着箭头的方向走，我们跟着他。我们就是这样来到这里的。很简单吧！"

"用它玩杂耍！"一个学生喊道，"我打赌你用三个东西来玩就不行了！"于是，他们都叫嚷着他敢不敢这样做。"来吧，卡尔利！加油！"

我对他喊着不要这样做，但我知道当时那种情况下让他停下是没用的，他绝对无法抗拒炫耀的诱惑。我从人群中挤过去想拦住他，但已经太晚了。我到那儿的时候，他已经用两个球和一个指南针玩开了。

刚开始一段时间看起来还好，他杂耍玩得很溜。我以前见过他玩，他最多时能抛四个球，而且这样玩过不止一次，几乎一个都没掉下来过。我敢肯定，正是由于人群的喧闹声让玛琳感到有些不安。她的耳朵晃动着，左右摇摆，这是她焦虑不安的确切迹象。然后她抬起鼻子，突然向前移动了一下，使卡尔利失去了平衡。我看见指南针飞向了高空。我向前冲去，想抓住它。但我知道没什么希望了，鞭长莫及。我绊了一下，重重地跌倒在地。

我抬头一看，只见汉斯已经抓住了指南针，捧在双手里。它没坏我就放心了。孩子们都在鼓掌欢呼。我早就注意到汉斯从不笑，尽管有那么多掌声，他现在也没有笑。他在手里翻来覆去地仔细检查着指南针。他弹开它，然后抬头看着卡尔利。

"你从哪儿弄来的？"他问道，"它不是德国造的。在我看来，这像一个英式指南针，或者美式指南针。德语指南针上的 O 代表 Ost（东），这个指南针上是用 E 代表'东'，英语中的 East 就是 Ost。而且上面有些其他英文。你从哪儿弄来的？"

马厩院子里突然一片寂静，卡尔利这一次无话可说。他的目光和我相遇，他在乞求帮助，但我也想不出该说什么。

"我问你这是从哪儿弄来的？"汉斯又发问。

"我给的。"妈妈的声音从我身后传来。她带着彼得穿过人群向我走来，把手搭在我的肩膀上。"我丈夫给我的。一份礼物。他现在正在和苏联人作战，但在战争开始时，他在法国的诺曼底。他告诉我他从一个被击落的英国飞行员那里弄来了这个。这个指南针原本是那个飞行员的，现在是属于我的。"那一刻我是那么地崇拜她。我知道她很勇敢，但不知道她可以这么随机应变、急中生智。

汉斯犹豫了很久。我可以看出他有疑虑，他仍然不完全相信妈妈说的。

"谢谢你，"妈妈继续说，"我是说，谢谢你接住了它。我可不想看到它摔碎在地上。这是我丈夫送给我的最后一件礼物。它把我们从德累斯顿一路带过来。所以，出于各种原因，你可以看到它对我，对我的整个家庭来说都很珍贵。谢谢你。"

汉斯现在似乎比较满意了。他想了一会儿，慢慢地点了点头，最后才把指南针交给妈妈。"它不是玩具，"他说，"我想小孩子不应该玩这种东西。"

"我完全同意，"妈妈耸耸肩，微笑着回答说，"但是你知道孩子就是这样的。你不用操心，我保证不让他再玩了。"

她抬头看着卡尔利，不需要假装生他的气，卡尔利就已经明白了。他看上去很羞愧，很不好意思。

"卡尔利，你马上从大象身上下来，跟我走。"

彼得走过去扶他下来，等我们看到玛琳安全地回到马厩后，就都散开了。但我能感觉到汉斯的眼睛一直在盯着我们。

这天晚饭过后，伯爵夫人站起来，拍着手，让大家安静下来。"你们很多人不知道的是，"她开始说，"我们这儿的学生来自德累斯顿的一个教堂唱诗班。我问过他们是否愿意为我们唱点什么。在这个可怕的时代，我想只有音乐才能带给我们一些快乐和心灵的平静。他们告诉我，就在去年圣诞节，他们还唱了约翰·塞巴斯蒂安·巴赫的《圣诞清唱剧》。在我看来，巴赫是有史以来最伟大的德国人。他们现在非常乐意为我们唱其中的一部分。"

当他们唱的时候，我发现自己完全沉浸在音乐中，忘记了世界上发生的所有可怕的事情。我感到被这美妙的音乐包围着，它似乎使我全身温暖。歌声结束后，那种美妙之光久久不散。那天晚上，当我们回到楼上阁楼的房间，蜷缩在毯子下面时，我的脑海里

再现了这种美妙之光。我想，音乐同样深深地影响了我们所有人。除此之外，我们没有说任何话，就连妈妈也不再因为指南针事件而生卡尔利的气了。

"我真希望爸爸能和我们一起听他心爱的巴赫。"她说，"他一定会非常喜欢的。"

就在我们快要睡着的时候，门开了，一盏灯笼的光跳进了房间。是伯爵夫人。她蹲下来跟我们说话，声音压得很低。

"恐怕有麻烦了，"她说，"汉斯是一个好人。到现在为止，他已经和我在一起四十多年了。他参加过'一战'，和我一样是忠诚的德国人。但他和我，我们忠诚的方式不同，理念也不同。我听说他打算去警察局，是关于指南针一事——是的，他把发生的一切都告诉我了。我试图劝他不要这样做，但他坚持说这是他的爱国义务。我恐怕他不相信你的话，不得不说，我也不相信。但我还有一个怀疑你的理由，那就是你的儿子。"现在她直视着彼得，"关于你说话的口音，这件事已经困扰我很久了。你说话的时候，我觉得像个美国人。你要知道，我在美国有亲戚，他们说德语的时候，跟你的发音方式很像。我的美国侄子和你差不多大。说起来，这有点太可悲，太讽刺，太荒唐了。他是我姐姐的儿子，一半美国血统，一半德国血统。他加入了美国军队，却被一颗德国子弹射死在了诺曼底。"

她转向妈妈。"关于你的这个儿子，还有一点我不太相信。我听说他有哮喘，这就是他被免除兵役的原因。但我一直在观察他，没有发现哮喘的迹象。事实上，在我看来，他强壮如牛。汉斯认为他可能是敌方飞行员，轰炸机飞行员，我认为他可能是对的。如果他猜得不错，你们都要被捕，那我们都知道将会发生什么，不只是他，还有你们，你们所有人。我不希望看到这种情况发生。"

妈妈想打断她的话，但伯爵夫人不让她说。"我认为你们最好离开，马上离开。你会有理由解释你正在做的事情，而且我相信这些都是很好的理由。但我不想知道，我知道得越少越好。在我看来，你的儿子现在康复得已经很好了，可以远行了。一旦汉斯报了警，他们很快就会赶到这里，这是肯定的。所以我觉得你今晚就该走了，趁现在还来得及。我当然会跟警察说汉斯的怀疑是毫无根据的。但你走的时候，如果不介意，我想让你为我做件事，一件非常重要的事。我要你带上那些唱诗班的孩子，他们孤苦伶仃，没有人照顾，唱诗班指挥和几个孩子在来这里的路上被杀了。我要你让他们和你一起走并照顾他们。你能答应我吗？我知道这要求有点过分。但我见过他们有多喜欢你的大象，他们也愿意和你们一起走。他们将去大象去的地方。我不能永远把他们留在这里。虽然我很想，但是我实在没有房间了。正如你所看到的，这里已经拥挤不堪，每天都有更多的人来这里。我会给你们足够的食物，足够你们和他们吃，保证你们上路。"

她现在看着彼得的眼睛，用英语对他说："年轻人，现在跟我说实话吧，我说的对吗？你是我刚才说的那种人吗？你是美国人？"

"加拿大人。"彼得回答，"英国皇家空军。"

"我几乎猜中了。"她又用德语说，"这场战争很快就要结束了，我想美国人现在一定很接近了。一切都会结束，但很遗憾，对我丈夫来说太晚了。既然我知道了你们的真相，我就告诉你们我的真相。几个月前，我丈夫参与了刺杀希特勒的行动。他是一个优秀的德国人，一名优秀的军官。他认为我们被带到了错误的道路上，一条通往战争的可怕道路，他只是希望它能停止。他认为唯一的办法就是杀死希特勒。所以他和他的朋友们试着这么做，试着结束痛苦。但他们失败了，他为自己的信仰而死。我和他信仰一致，苦难必须被结束。这就是我现在做这些的原因。这就是为什么你们的秘密就是我的秘密。所以，收拾好你们的东西到楼下去，一定要快。我已经召集了孩子们，给了他们每人几天的食物。这是我所能拿出来的全部了。快点，在天亮前你们离开这儿越远越好。"

在妈妈或我们中的任何一个人说谢谢之前，她就离开了我们。

我们很快穿好衣服，收拾好东西，走下楼去。孩子们都在厅里等候，伯爵夫人也在等候。我们正要说再见的时候，前门开了，汉斯走了进来。他不是一个人，还带着一名军官和几个士兵，而他们的步枪正对着我们。

3.

相逢人生

军官敬了个礼。"伯爵夫人，请您原谅我的冒昧，不过我来是因为——"

"克鲁格少校，"伯爵夫人说着，走到他跟前，伸出手来，"很高兴再次见到你。我知道你为什么来，我想我们应该先私下谈谈，你说呢？但首先，或许……你的士兵，他们的步枪，吓着孩子们了。"

少校犹豫了。他一时似乎不知所措，不知如何应付这一局面。但他很快反应过来。"好吧，伯爵夫人，如果您坚持的话。"他命令士兵放下武器，叫大家原

地待命，然后跟着伯爵夫人走进书房。

　　我不知道我们在走廊里站了多久，等了多久，但感觉就像一辈子。没有人说话。我一直握着彼得的手，知道这可能是我们在一起的最后时刻了。卡尔利一直抬头看着妈妈，眼里充满了泪水。但是妈妈没有注意到。我们都能听到那扇门另一边的低语声，像我们所有人一样，她也在聚精会神地听着，想听到些只言片语。

门终于打开了，少校一个人走了出来。他没看我们一眼，也没说一句话，快步穿过大厅朝前门走去。他等了一下，等着迷惑不解的汉斯为他打开门，然后就离开了，士兵们跟在他后面。过了一会儿，伯爵夫人从房里走出来，手里拿着一杯酒。她的呼吸相当沉重。"恐怕我得喝点酒，"她说，"好让自己不发抖。"她朝我们笑了笑："别这么担心。事实上，我觉得一切都很顺利，比我想象得要好。我们很幸运，是克鲁格少校来了。他和我丈夫在同一个兵团服役，他们彼此非常了解。不管怎样，现在一切都结束了。从这个意义上说，我们需要他，我相信，他是一个值得尊敬的人，也会信守诺言的。你们可以安全地离开了。"

"什么意思？"妈妈问她，"他说什么了？你跟他说了什么？"

"你听说过大棒加胡萝卜的说法吗？"伯爵夫人继续说，"当你想说服别人去做他们不愿意做的事情时，你需要双管齐下，不是吗？大棒加胡萝卜。首先，我用大棒策略。我提醒他说美国人也许一两周就来了，如果你们发生了什么意外，我个人觉得当美国人来了后，一定会认为克鲁格要负主要责任。我也很肯定，他将会因此被射杀。至于胡萝卜策略，我在保险箱里存了一些钱，不多，但够用了。万全起见，我给他读了我丈夫在被处决前从监狱里寄来的最后一封信中的几句话——克鲁格少校非常尊敬我的丈夫。这是我丈夫写的，我也记住了几句——

我很高兴得知，在这场恐怖的灰烬中，一个新的德国必须重生，而你，还有我们的朋友和家人将成为其中的一部分。永远记住歌德的这句话，我喜欢这句话：'无论你能

做什么，首先去做。胆大会造就天才、力量
和魔力。现在就行动起来吧.'所以，开始
缔造新的德国吧，亲爱的，帮助它成长起
来。我知道你会的。我很难过我不能亲眼见
到这一切，但是我的精神将永远与你同在。

克鲁格少校似乎把这事放在了心上，这正是我所希
望的。"

稍晚离别的时候，伯爵夫人吻了吻卡尔利，告诉
他听话点，然后我们就离开了那座房子。等我转身看
时，她已经进去了。跟在我们后面的是唱诗班的孩子
们，两人一组，每人背上背着一个袋子。我们都沉默
不语，妈妈和孩子们一起走着。彼得走在前面，像往
常一样是我们的探路者。我领着玛琳，卡尔利骑在她
的背上。我们都知道，我们得以幸存都要归功于这位
非凡而出色的女士。

我们很难把房子的温暖和舒适抛在身后，再次走出去，在寒冷的夜里行走。我花了一段时间才适应这种不舒服和疲劳。在某种程度上，学校的孩子们一定帮了忙。我想他们起到了转移注意力的作用，因为现在我几乎没有时间担心自己了。当然，和他们一起前行，速度要慢一些。

但我们克服困难，继续前进。大部分时间里，是我和妈妈尽力照顾唱诗班的孩子们，严格分配伯爵夫人给我们的食物，使他们保持快乐，鼓励并安慰他们，以驱散疲惫、恐惧和悲伤。但我敢肯定玛琳也在

助他们一臂之力，因为玛琳能逗他们笑。他们喜欢看她在小溪里戏水，喜欢一有机会就用手喂她。而且，像卡尔利一样，他们喜欢咯咯地笑，尤其是听到她……我怎么才能有礼貌地描述呢？……嗯，嗯，放气——经常放气，而且还很臭！

卡尔利在那些艰难的日子里迅速成长起来。我想也许是指南针事件改变了他，那天他差点给我们带来灾难。现在他会变得更加注意别人。例如，卡尔利出

主意，可以轮流让两个唱诗班的学生骑在玛琳身上，一个坐他前面，另一个坐他后面。这是最好的想法，因为它实现了他们所有人的期待，这是非常重要的。这鼓舞了他们的精神，也鼓舞了我们，因为看到孩子们玩得很开心是如此令人振奋。

当然，没过多久，我们的食物储备就耗光了。此后，对彼得来说，他就如同要喂养五千人一样，只是他并不是神。无论他从野外捡拾回什么吃的，在清晨对农场的"偷袭"中带回什么食物，都必须在我们大家之间分配，而通常很少有东西可以分配。他告诉我，他不得不冒更大的风险为我们偷食物，而狗是他最大的敌人。有一次，他甚至被人从楼上窗户射击。他闯进了一间孤零零的农舍，从厨房里尽可能地抓些吃的东西，这时农夫的狗向他发起了攻击，像野兽一样狂吠。他不得不放下一切逃跑。幸运的是，农夫没有直接开枪，但那只狗还是咬到了彼得的脚踝，这使他疼了好几天。

随着雪融冰释，初春的迹象已经出现在我们的周围，树木开始发芽，草地和树篱上点缀着鲜花，鸟儿在歌唱。但是开始下雨了，而且常常是在夜里。我们跋涉前行，穿过田野和森林，涉水过小河，跟着彼得，跟着他的指南针。但是，从最后几个星期开始，我就不太记得在深夜的长途跋涉中我们一直所经历的那种劳累、寒冷和潮湿了，也不太记得我们一直生活在怎样的饥饿和疼痛之中。我印象最深刻的是孩子们的歌声。我想这可能开始于妈妈的一个想法，想让他们开心，让他们有事可做。他们一开始唱歌，似乎就不想停下来。当我们前进时，他们唱着歌，为我们照亮了黑暗的道路。他们唱着歌，挤在某个牧羊人的小屋里，某个林主的小棚子里，挤在一起取暖。他们唱歌时，我们迟早也会跟着唱。我们喜欢这样，喜欢成为他们音乐创作的一部分，一起用歌声驱散恐惧。

对那些看见我们的人来说，这一定是一道奇特的景观：彼得和我一起在前面迈着沉重的脚步，一头大象跟在我们后面，上面有两三个孩子，妈妈和她那一队唱诗班的孩子跟在后面。卡尔利现在和其他孩子相处得很好，他经常从玛琳身上下来和他们一起走，一起唱歌。我觉得他不想被排除在外，想融入他们。如果说所有这些歌唱意味着我们可以完全忘记不适、饥饿和焦虑，这不现实，但它无疑能帮助我们一步一步地前进。

日夜流逝，其他的情况也鼓舞着我们的精神，给了我们新的希望。我们再也听不到身后的枪声了。他们现在就在我们的前方，每天晚上照亮西方的地平线——彼得告诉我们，这是美国炮兵。这使我们迈出了更有力的步伐，但与此同时，我们知道枪弹不长眼，即使前方是美国人。我们仍然处于极度危险之中。

现在，我们常常和其他难民住在一起，有时还和几十个撤退的德国士兵住在一起，这使我们都很紧张。但我们没必要担心，因为他们都太累了，太沮丧了，顾不上问我们问题。他们都喜欢对玛琳的事问长问短，我想孩子们和我们在一起也很有帮助。就连士兵们似乎也很乐意分享他们仅有的一点点食物。还有一两次，确实有人趁我们睡觉的时候偷了我们的食物，不过，我想，公平地说，这些食物起初也是彼得偷来的。

彼得很受大家的欢迎，因为每当他成功地捡拾回来，总要把他能找到的东西分给大家。我们遇到的士兵和其他人一样都有自己的故事，他们的故事有一个共同的描述，那就是美国人现在离我们很近了，他们正取得全面进展，他们的军队可能就在下一座山那边。

但在第一次与美国人碰面的那天，我们还是感到意外。那天早晨，我们找隐蔽的地方比较晚，但彼得并不太担心，因为我们周围都是浓雾，这意味着我们已经藏得很好了。当然，这也让我们更难找到合适的可以驻足的谷仓或棚屋。

我记得当时我们正在一个山坡上，清晨的薄雾比之前稀薄了。所有的孩子都在唱歌，卡尔利也在和他们一起走着。我正牵着玛琳的耳朵跟她说话，这时她突然停了下来，抬起头。在我们前面，彼得也停了下来，举起一只手。有那么一刹那，我以为他给我们找了个藏身之处，但我没看见。没有谷仓，没有棚子，只有缺干少枝的树木突兀地从薄雾中升起。孩子们安静下来。我们都站在那里，被正听到的可怕的渐强的声音弄得不知所措。它似乎从我们四周而来，咆哮，嘎嘎，吱吱，叮当作响，而且越来越近。地面在我们脚下颤动。

然后他们从薄雾中出现了。坦克！有二三十辆坦克，还在不断地开来。"美国人！"彼得喊道，"他们是美国人！"他开始疯狂地向他们挥手，并向他们跑去。就在这时，玛琳受到了惊吓。她从我身边挣脱，逃走了。我跟着她，不断地叫她回来。但她的奔跑变成了一场狂奔。她恐惧地嚎叫着，耳朵疯狂地拍打着，鼻子也不停地挥舞着，然后消失在了迷雾中。

当领头的坦克到达我们这里时，其他坦克都突然停了下来。一个士兵的头从炮塔里伸出来。他摘下耳机，难以置信地盯着我们。我永远不会忘记他对我们说的第一句话。"我的天啊！那是什么鬼东西？一头大象吗？"

"是的。"彼得对他说，"我们真的很高兴看到你们来了。"

"你是美国人？"士兵问。

"加拿大人。"彼得答道，"英国皇家空军，飞行中士彼得·卡姆。我是领航员。几周前在德累斯顿被击落。"

"你从德累斯顿一路走来的？"士兵问，仍然不相信，"和一头大象，还有那么多孩子一起？"

"是的。"彼得说。

"我的天啊！"士兵说，"好吧，真是见鬼了。"

"我们必须找到那头大象，"彼得告诉他，"我们

必须去追她。她一直和我们在一起。"

"你们不用担心，"士兵高兴地向我们保证，"我们会帮你们找到她的。大象走到哪里都可能被人注意到，所以很好找。但现在你们得离开这里，因为战争正在进行，你们知道的。"

妈妈试图和他争辩一下，让她去追玛琳。卡尔利和我也求他让我们去找玛琳。妈妈告诉他玛琳只会一直奔跑，她会很害怕，没人能抓住她，除了我们。她只认识我们，信任我们。但是这个士兵不听。我们被士兵护送着离开了，尽管我们一直在抗议。妈妈极为

伤心。我想她那时就知道她再也见不到玛琳了。所以在我们取得最大胜利的那一刻，我们失去了玛琳。好几天，好几周，我们一直在寻找她，询问她的情况。但是没有人见过她，就好像她从地球上消失了一样。

故事讲到这里，莉齐停了下来，看着我们，好像在说：结束了，故事讲完了。

"然后呢？然后呢？接下来发生了什么事？"卡尔说出了我心中的想法，"之后发生了什么？玛琳怎么样了？你们所有人都怎么样了？你们最后找到她了吗？爸爸，爸爸回家了吗？"

"后来发生了什么？"莉齐回答，"噢，后来发生了很多事，一辈子的事。不过我还是长话短说吧。我突然感到很累，你们一定也是。好吧，故事的结局是这样的……"

在遇见美国人的一两天后，我们发现自己——妈妈、卡尔利、我和唱诗班学校的孩子们——住在一个难民营里，他们把我们叫作"流离失所者"。彼得竭尽全力阻止他们带走我们。他告诉他们妈妈是如何帮他逃跑的，把事情原原本本都告诉了他们。但他们说，规定就是规定，奉命行事。所有流离失所的德国人都被集中到营地里。

在军用卡车把我们载走之前，他们给了我们几分钟时间和彼得道别。这时彼得把这个指南针塞到我手里，告诉我们他保证会继续寻找玛琳。妈妈在场，卡尔利也在场，但我记得我控制不住自己。轮到我和他道别时，我搂着他哭了起来。他在我耳边低声说，他会给我写信的，会回来找我的。当我们被车载着离开时，我最后一次看到他站在雨中，又穿上了军装，向我们挥手告别。那一刻，我想我的心都要碎了。

我们在那个营地里待了六个多月。现在回想起

来，我觉得还不算太差。不过，那里没有隐私，一点
也没有，这是最糟糕的。我讨厌住在铁丝网后面，不
能去我想去的地方，做我想做的事。虽然小屋拥挤不
堪，但晚上却很温暖干燥。失败对许多士兵和难民来
说是一个沉重的打击，但对我们的家庭而言，我不得
不说战争的结束和希特勒的死亡是一大安慰。我们明
白生活还要继续。

在成千上万的囚犯中，有许多音乐家、演员和诗
人。他们创作戏剧，举办音乐会，这些打破了囚禁的
单调乏味。在一两个小时内，我们可以忘记一切。对
我来说，最好的音乐会，毫无疑问，是唱诗班学校的
孩子们为大家表演。他们唱的大多是我们在漫漫长夜
中一起唱过的民歌。他们知道我们家最喜欢的是"我
走过了一片绿色的森林"。我很确定，妈妈和卡尔利
也是，他们是专门为我们唱的。

过了一段时间，妈妈决定在营地为所有的孩子建

立一所学校，包括唱诗班的孩子们。她说，她需要我的帮助，来照看 die Kleine，也就是那些更小的孩子。这让我们开始忙起来，也感觉很充实，这一点很重要。但对我来说，在营中这段时间最重要的是读彼得写给我的信。我总是在当天就回信，寄给伦敦的某个地址。他总是有很多好消息和宏伟计划，说一旦局势安定下来，他就可以休假，然后回来接我。我们打算结婚，然后一起住在加拿大。我们会去划独木舟和钓鱼。他迫不及待地要给我看大马哈鱼和黑熊，以及告诉我关于加拿大荒野的一切。

当我们终于从营地被释放时，我们不得不和唱诗班学校的孩子们说再见。那是一次痛哭离别，他们几乎已成为我们的家人。当局政府放我们出去是因为我们有地方可去。妈妈带我们去海德堡和她的表姐住在一起。我们有一间可以俯瞰河景的房间，在那里可以看到小镇上的落日。雷娜特是妈妈最大的表姐，是一名教师，有点严厉和拘谨，她尽量对我们友好、宽容，但她已经习惯了一个人住。有时我觉得，她很难掩饰她对我们的不耐烦。

虽然我们现在自由了，生活也恢复了一些正常，但对我来说这是最糟糕的时刻，因为彼得的信就这么中断了。我把我们的新地址寄给了他，但他再也没有写信来。这么久以来，这是我见过妈妈最不开心的时候。她每天都去当局打听爸爸的消息，但杳无音信。我们深爱的两个男人都消失了。我相信这就是这些天我和妈妈比以往任何时候都更亲近的原因。

卡尔利怎么样呢？可怜的卡尔利每天晚上都为爸爸和玛琳哭泣，但他和雷娜特相处得比我和妈妈要好得多，他会一遍又一遍地告诉她关于玛琳和我们奇迹般地逃难的故事。最后，我们设法在附近找到了一间小公寓。雷娜特安排妈妈在她的学校教书，也为我和卡尔利找到班级，所以我们回到了学校。在发生了这么多事之后又回到学校当学生，感觉很奇怪。我当时非常悲伤，发现不可能再安心学习了。

但随后传来了非常非常好的消息，爸爸还活着。他一年多前被苏联人俘虏了。我们不知道他什么时候回家，但他还活着，这才是最重要的。我们喜极而泣，妈妈让我们围坐在桌子旁，享受"家庭时刻"。现在我知道爸爸是安全的，就只为彼得祈祷了。每次邮递员来，我都会跑出去迎接他，问他有没有我的信。我一直给他写信，一直求他回信，但是没有任何彼得的来信。我开始放弃能再见到他的希望了。

几个月后的一天下午，我们在放学回家的时候，刚拐进我们住的那条街，就看见一个人坐在我们的前门台阶上，身旁放着一个手提箱。他站起来，脱下帽子。是彼得。当时唯一的麻烦是我得和妈妈、卡尔利一起拥抱他。

"你为什么不回信？"我喊道，不过现在这已经不重要了。彼得后来告诉我，他离开英国回到加拿大时，我的信还没被寄出去。然后，有一天，这些信全都出现在了他在加拿大的家的一个大包裹里。所以他才知道到哪里来找我们。

也许你们已经猜到了故事剩下的部分。我们结婚了，在海德堡。你真该听听钟声响起的声音。大约一周后，我们俩乘船去了加拿大。我不想离开妈妈和卡尔利，但妈妈坚持要让我们去。

"我们这辈子幸福的机会太少了。"她说，"抓住

幸福，走吧。"卡尔利说再见的时候告诉我，等他长大一点，他会来加拿大住。后来他也来了。有时候，结局好就一切都好。

又过了四年，爸爸终于从苏联回来了。妈妈写信说，他很瘦，但她会好好照顾他吃东西，等他身体好起来，他们就会申请签证来加拿大，到离多伦多不远的小镇和我们一起生活。所以我们就来到了这里——湖上的尼亚加拉。彼得在这里的剧院演出，一直在争取出演更重要的角色。我成了一名护士，就像你妈妈一样，卡尔利。生活是美好的。冬天虽然很冷，但冬天的生活依然美好。因为和平而满足。

但这还不是全部。一个夏天的晚上——我想我们那时都四十多岁了——彼得和我去了多伦多的马戏团，一个从法国来的马戏团正在进行周游表演。彼得总是喜欢看小丑表演。他自己也有一套小丑服装，有时他会在孩子们的聚会上表演。但立刻吸引我注意力的并不是小丑。演出的主角是一头大象，我一看到她就知道那是玛琳。奇特的是她居然也认出了我。她被领着绕着大游行的圈子走了一圈，就在我坐着的前排位置旁边停了下来，把她的鼻子伸向我。我感觉到了她对着我的呼吸，我看着她泪汪汪的眼睛。是她，就是她。

后来我们绕到后面，和马戏团的人交谈，了解到

他们是十年前从另一个马戏团买来的玛琳，但他们不清楚在那之前她来自哪儿。他们说玛琳是他们养过的最好的大象，她很有幽默感。我把事情的经过都告诉了他们。他们哭了，我们也哭了。

整个周末我们都和她待在一起，只是和她聊天，告诉她我们的生活，妈妈和爸爸是如何在几个月前相继去世的，卡尔利是如何拍电影的，以及他仍然能够玩杂耍。早上马戏团打包要离开小镇，我们挥手向她告别。我们又哭了，当然我们肯定会哭。但与此同时，我们也不全然感到悲伤，我们也很开心，因为我们重逢了，而且她和我们一样还活着，过得很好。

我独自一人已经有一段时间了，只剩我一个人了。彼得和我结婚快六十年了。我不能说我们从没吵过架，我们也有我们的问题和悲伤。每个人都一样。我们没有孩子，我应该会很喜欢自己的孩子。但我们有权和幸福的人一样幸福。这是彼得的指南针。

莉齐把指南针递给卡尔。"现在是你的了，卡尔利。"她说。

我试图回绝，但她把它放在卡尔的掌心，将他的手指弯曲盖在上面。"你留着吧，"她说，"守护好它，也守护好我的故事。我想让大家知道这个故事。对了，明天别忘了把我的相册带来，好吗？"

我能看出她已经精疲力竭了。我觉得在我们走之前她就已经睡着了。

第二天早上我去上班，卡尔和我一起，因为下雪，学校停课了。我们带着莉齐的相册，分别坐在她床的两边，听她给我们讲那些照片的故事。有一张照片拍的是一两个家庭成员在农场里，有一张是她在海德堡举行婚礼那天拍的，还有一些彼得穿着戏服的照片，还有一些拍的是他们姐弟俩在新德累斯顿。

"看！"她边说边得意扬扬地翻到最后一页，"这是那天我和玛琳在马戏团的照片！你们现在相信我说的了吧?"

"我一直都相信你。"卡尔对她说。

"一直?"

"一直。"卡尔说。

"你呢?"莉齐问,会意地看着我。

"差不多一直。"我回答。